タイムス文芸叢書
013

ラビリンス ―グシク界隈

ゆしわら・くまち

沖縄タイムス社

もくじ

第47回新沖縄文学賞受賞作

ラビリンス
——グシク界隈

ゆしわら・くまち

友人Ｋの住んでいる、アパートあけみ荘のベランダにガヂマルが生えている。Ｋが何年か前、小さな鉢植えのガヂマルを買ってきて、ベランダの隅においていた。そのガヂマルがいつの間にか大きく育って、ベランダのコンクリートの床いっぱいに根を張って、開けたアルミサッシのガラス戸の間から部屋の中に枝を伸ばし、ガラス戸は閉まらなくなってしまっている。ガヂマルの枝は部屋の天井にまで広がっている。部屋の中に入り込んだ枝からは気根が垂れ下がってきている。Ｋは部屋の中に入り込んだガヂマルの枝に特別な興味もなさそうで、枝を切るつもりもなさそうだった。

Ｋの住んでいるあけみ荘の二階の部屋を訪ねていくと、最初のころ、Ｋは三回のうち二回は留守だった。ドアを開けてくれるのはいつもＫの妻だった。キッチンには電気が灯り、明るいが、ベランダに向いた鉤の手に曲がった奥の部屋は天井いっぱいにガヂマルが茂り、枝からは気根が下がり、まるでジャングルのようになっている。

「ガヂマルがだいぶ生長しているが」わたしはKに言った。奥の部屋ではさすがに対談できずに、キッチンのテーブルで向かい合って坐っていた。

「そうだな」Kはガヂマルにはまったく興味なさそうな声で言った。

ある程度成長したガヂマルには神が宿るといわれているので、ベランダで成長して、部屋の中まで枝葉を伸ばしたガヂマルを切ることをKは躊躇しているのではないか、とわたしは勝手に憶測していた。

Kは結社の会合に久しく出席しなくなっていて、わたしはしばしばKを訪ねるようになった。Kは結社の会合には出席していないが、結社を離れる気はないらしい。わたしの訪問をいやがるそぶりも見せなかった。わたしが結社の会合の様子を話して聞かせると、普通に聞いてくれた。

Kが留守の時でもKの妻がいるときには、わたしは部屋に入り、キッチンのテーブルでKの妻と向かい合って坐り、Kの妻が淹れてくれたお茶やコーヒーを飲みながら、しばし話し込んだ。

「奥さん、ガヂマル切らないんですか？」と聞くと、

「Kが切ろうとしないんです」Kの妻も奥の部屋を占領するガヂマルに特別な興味はなさそうだった。

Kの妻はKが結社に属していることはもちろん知っている。彼女は結社について何もいわない。Kが結社に属していることにも特に何もいわないらしい。結社にまったく興味がないようだ。

頻繁にあけみ荘のKの部屋を訪ねるわけではないけれど、訪ねるたびにKの不在がますます多くなった。Kの妻はたいてい部屋にいたが、Kが不在のたびに上がり込むのも気が引けるので、Kが不在のときには、部屋に上がらずにそのまま帰ることもたびたびあった。ときには部屋を訪ねてドアをノックしても応答のないときもあった。試しにドアノブを回してみると、鍵がかかってなくてドアは簡単に開いた。部屋の中には誰もいなかったが、キッチンには電気が灯り、奥の部屋は暗く、鬱蒼とガヂマルが茂っていた。ドアに鍵がかかっていなかったので、すぐにKかK

の妻が帰ってくるのだろうと思ったので、勝手にキッチンに上がりこんで、テーブルの椅子に坐り込んで待つことにした。部屋の中は静かだった。奥の部屋も静かだが、時折、ベランダから風が吹き込むらしく、ガヂマルの葉が動くかすかな音がした。眼を閉じて耳をすますと、小鳥がさえずる声が聞こえてくるような気もした。一時間ほど、ぼんやり坐って待っていたが、KもKの妻も帰ってこなかった。

別の日あけみ荘のKの部屋を訪ね、ドアをノックしたが、やはり応答はなかった。ドアノブを回すとドアは簡単に開いた。キッチンには灯りが灯っていた。勝手にキッチンに上がり込んで、テーブルの椅子に坐った。KかKの妻が帰るまで、せめて一時間ほどは待つつもりだった。テーブルに両肘をついて坐っていた。Kの部屋を訪ねても、Kに結社の会合の内容を話すこと以外に、Kに特別の用事があるわけではなかった。まして、Kの妻と話し合う特別な話題はなかった。いつもとりとめのないことを話すだけだった。

部屋の中は静かだった。ふと、ガヂマルの茂った奥の部屋でかすかな衣擦れの音がし、人の気配がしたような気がした。鉤の手に曲がった奥の部屋の中はキッチンからはよく見えなかった。訪ねてきても、KともKの妻ともキッチンのテーブルで向かい合って話すことがほとんどで、ガヂマルの茂る奥まった部屋の中に入ったことはほとんどなかった。

わたしはキッチンの椅子から立ち上がって、そろそろと奥の部屋に歩いていった。奥の部屋の正面はまだ少し明るい。部屋の右の壁にあるガラス窓から日の光が差していた。部屋の奥まった左側は部屋中がガヂマルに覆われて、暗かった。その暗い部屋の真ん中に長方形の白い布団が敷いてあった。ガヂマルに覆われているが、そこはK夫妻の寝室になっているのだった。白いシーツに覆われた布団の上に下着姿のKの妻が仰向けに寝ていた。Kの妻は下半身に白いタオルケットをかけて、むき出しの腕はタオルケットから出して、眼を閉じていた。Kの妻はいつも化粧をしていない顔で、話し方も静かだ。下着姿で寝ていても、淫らな感じには見えなかった。むしろ幼稚で穏やかな寝顔だった。寝ているKの妻を起こすこともあるまいと考えて、今日はもうこのまま帰ろうとわたしは思った。

わたしが奥の部屋からキッチンに戻ろうとしたとき、ベランダからいきなり突風が部屋の中に吹き込んできた。妙に生暖かい風は部屋の中のガヂマルの枝葉を揺らして、音を立て、わたしの顔にも吹き付けた。布団に寝ていたKの妻が眼を覚まし、下半身に掛けてあるタオルケットを剥ぎ取って、いきなり布団の上に坐った。Kの妻の眼は見開かれ、狂的な光を帯び、口元には不敵な、淫らな笑みが浮かんでいた。そこにはいつもの穏やかな、むしろ憂いの漂う面影はまったく消えていた。Kの妻の激変を見るまでもなく、生暖かい突風をまともに受けたわたしの心身にも異変が生じていた。Kの妻の誘うしぐさを待つことなく、わたしは服を脱ぐのももどかしく、Kの妻に襲い掛かるように覆いかぶさった。

まるで二匹の獣のようだった。汗まみれ、体液まみれになり、布団からはみだして、ガヂマルの茂った部屋の中をうめき、わめきながら這い回った。最後に咆哮とともに終わった。荒い息がしばらく収まらなかった。心身の激しい消耗にもかかわらず、まだ獣の匂いとぴりぴりした皮膚感覚が残っていた。荒い息が静まり、皮膚が冷たくなってくるとともに、急激に現実感が戻ってきた。Kの妻を見ると、布団の上でシーツにくるまって、いつものおとなしい、恥ずかしそうな顔になっていた。Kの妻の恥ずかしそうな顔を見ていると、裸のままのわたしもとても恥ずかしくなり、急いで起きて、服を着けた。服を着ながら身体を見ると、腕のあちこちに血のにじみ出そうな歯形が数ヶ所あった。背中は見えなかったが、服を着けるときに爪でひっかいたらしい傷の痛みが感じられた。

わたしは服を着終わって、Kの妻から少し離れたところに坐った。Kの妻の顔を正視できなかった。Kの妻の身体にもわたしがつけた歯形や、爪あとの傷があるはずだが、Kの妻は身体全体にシーツを巻きつけているので、それは見えなかった。わたしは何か言わなければと思ったが、何を言えばいいのか考え付かなかった。ガヂマルの茂った部屋の中でKの妻と静かに坐っていると、さきほどの獣のような行為が嘘のように心穏やかな気持ちになってきた。行為のきっかけになったあの生暖かい突風はいったい何であったのか。いまガヂマルの下はさわやかな霊気に満ちているように感じられた。

「あのー、奥さん、コヴィッド19にはかかりましたか」わたしは照れ隠しにそんなことを言っていた。

「はい。ワクチンも打ちました。ちゃんと抗体ができているようです」Kの妻はいつもの穏やかな、憂愁を帯びた声で言った。

「それはよかった。わたしもコヴィッド19の洗礼をすでにうけたんですよ」

本来、濃厚接触の最たるものである、このような行為を行う場合には、エチケットとして、コヴィッド19のワクチン接種を済ましているか、あるいはまだワクチン接種していないかを確かめておこなうべきであった。

それ以外に語ることはなかったが、それでもどうやらわたしとKの妻はこの恥ずべき獣のような行為をふたりだけの秘密とすることを暗黙のうちに了解した。

数日後、わたしはKの部屋を訪ねた。すぐにでも行きたかったが、さすがに気恥ずかしかった。Kは相変わらず不在で、Kの妻がドアを開けてくれた。キッチンのテーブルを挟んでKの妻と向かい合って、いつものようにコーヒーを飲みながらとりとめのない話をした。やはり、ふたりともあの日のことが気になって、言葉が途切れがちだった。わたしは話が途切れると、ガヂマルの茂った奥の部屋をちらっと見たりした。そんなわたしをKの妻が見て、じれったそうにKの妻も奥の部屋に眼をやったりしていた。

「あのー、奥さん」奥の部屋に行くきっかけがつかめないので、わたしは立ち上がって、奥の部屋を指さした。

Kの妻も立ち上がり、わたしの先に立って奥の部屋に向かって歩き出した。わたしはKの妻の後からついていく形になった。すっかりガヂマルに覆われている部屋の真ん中には先日と同じように布団が敷かれていた。布団の上には白いシーツが被せてあった。Kの妻はすばやく服を脱ぎ、下着姿になると布団に仰向けになった。わたしはあせりながら服を脱ぎ、トランクス一枚になった。ガヂマルの部屋は静かで、先日のような生暖かい突風は吹いてこなかった。

　わたしとKの妻は先日とはうってかわって、静かにやさしく交わった。Kの妻は最後に、あー、あなた、と言って、わたしの背中を強く抱きしめた。わたしもそれにこたえるかのようにKの妻を愛おしく抱きしめた。わたしとしては先日のことが強烈な印象だったので、きょうの行為はやや不満ではあったが、先日のようなことは平常な気持ちではとてもできることではなく、むりやりやってもわざとらしくなるだけだ。先日のあれはわたしとKの妻の心身に異常な変化をもたらした何らかの外的現象のせいだった。そんな現象は滅多にないにちがいない。わたしは、先日のような異常な経験をしたことは、これまで一度もなかった。

　わたしはこれまで以上に、たびたびKの部屋を訪ねるようになった。Kはたいてい不在だったが、Kの妻はわたしを待っていたかのようにほとんど部屋にいた。わたしが部屋に入ると、もう以前のようにキッチンのテーブルで向かい合ってコーヒーを飲みながらとりとめのない話をする必要はなかった。すぐにガヂマルの部屋に入り、敷かれた布団の上で通常通りの交わりをし、Kの妻は行為の最後に、あー、あなた、と言って、わたしの背中を掻き抱き、わたしもKの妻の身体を強く抱きしめた。

わたしとKの妻は一瞬の快楽のための行為を続けていた。わたしはもはや惰性であるいは習慣的にKの部屋を訪ね、Kの妻との関係を続けていた。Kは相変わらず不在だった。わたしはKの妻が最後に漏らす言葉、あー、あなた、というのはKのことではないか。すなわち、わたしはKの代用品にされているのではないかと近ごろ思い始めていた。わたしとKの妻の関係をKが知ったら、嫉妬し、怒るのは当然だが、逆に密通をしているわたしがKの妻の言葉で、Kに嫉妬しているというのは倒錯した奇妙な感情だと自分でも少々おかしかった。

わたしとKの妻はガヂマルの部屋で穏やかな行為を終わった後は黙って服を着て、わたしはKの妻に送られてすぐに帰ってしまうことが多かった。ごくたまにキッチンのテーブルで向かい合って、黙ったままKの妻の淹れてくれたコーヒーを飲んで帰ることもあった。

わたしがKの妻との行為の最後のKの妻の言葉、あー、あなた、がわたしのことではなくKのことだという疑いを強く感じてきたある日、わたしとKの妻は布団に横たわっていつものように快楽の余韻にふけっていた。

「Kはいつもどこに行っているんだろう」わたしはこれまでKの妻と寝物語をしたことは一度もなかった。そんなことをつい言ってしまったのは、わたしのKに対する奇妙な嫉妬のせいだったかもしれない。

「さあ、わたしにもわかりません」Kの妻は感情のない声で応えた。こんなことは話したくないという風に聞こえた。

「フォンで連絡はとれないんですか」わたしはKの妻の感情に頓着せずにさらに聞いた。

「フォンはいつも電源を切っているか、電波の届かない場所にいる、となっているわ」Kの妻の声はさらに冷淡になっていた。こんなときにKの話はしたくないようだった。

「Kのよく行くところはわかりますか」わたしもKのことをそれほど話したくはなかったが、むきになって訊いた。

「近くにあるいくつかのウガンヂュ（拝所）に行くみたい」Kの妻はしかたなさそうに、諦めたような声で言った。

「ウガンヂュ」

話はこれで終わった。わたしは服を着た。Kの妻は服も着ないで布団に横たわったままだった。わたしが帰るのを見送りもしなかった。こんなことは初めてだった。

いつものようにKの部屋を訪ねた。ドアをノックしても応答はなかった。ドアノブを回すとドアは開いた。キッチンの灯りはついていなかった。わたしはキッチンの灯りをつけた。KもKの妻もいなかった。奥のガヂマルの部屋を覗いて見ると、布団が敷きっぱなしになっていた。そこにもKの妻はいなかった。ガヂマルの気根が敷いた布団近くまで伸びてきていた。布団はしばらく使われた形跡はなかった。

その後、何度かKのアパートあけみ荘を訪ねたが、Kの部屋にはKもKの妻もいなくて、空き室同然になっていた。奥のガヂマルの部屋はどうなっているのか、恐ろしくて覗くことができなかった。

わたしが最後にKの部屋を訪ねた日、わたしはふと思いついて、Kがよく行くとKの妻から聞いた近くのウガンヂュに行ってみることにした。Kの部屋を訪ねたときにはまだ昼の日差しがあったが、Kの部屋を出て、あけみ荘の階段を降りてみると、外にはすでに夕闇が迫っていた。空にはまだいくらか明るさが残っていたが、地表には闇の気配があった。眼の届くあたりはちょうど薄暮という感じだった。

わたしはあけみ荘の前の道を右に歩いていった。道はわずかに上り坂になっていた。狭い道の両側にはブロック塀をめぐらした民家が並んでいる。しばらくいくと、道は二手に分かれる。坂道をまっすぐ上るとユシワラに出る。わたしは道を左に曲がった。道はやや下りになり、民家は三、四軒で途切れ、右側は小高い森になり、左側の窪地は鬱蒼たる密林だった。密林の中にはグシク（城）のカー（泉）があって、ウガンヂュになっているようだったが、密林の中は道の上の薄暮とはちがい、すでに暗闇につつまれていた。たとえここにKがいたとしても、そばを通るだけでも身の毛が立つほど恐ろしい密林の中に入っていく勇気はわたしにはなかった。右の小高い森から左のグシクの密林に吹き降ろす風がわたしの首筋の毛をさかだたせた。わたしは身を震わせて、小高い森とグシクの密林の間のさらに狭くなった道を足を早めて通り過ぎた。

グシクのカーの密林を過ぎると道はやや上りになり、上り坂の頂上で道は十字に交差していた。坂上は密林の暗闇とは対照的にまだ充分に明るかった。わたしも密林の恐怖から解放されて明るい気持ちになった。クロスした道は広く、右側は上り坂、左側は下り坂になっていた。わたしは道を横断し、まっすぐ歩いていった。特に目標があるわけではない。見知った道ではないので、気分のままに歩いていった。道は山の斜面をけずって作ってあるらしく、右側の斜面にあるほとんどの家はブロック塀をめぐらし、道から家の玄関までセメントの階段がついている。左側の下斜面の家は屋根が道と同じほどの高さにあった。右側の斜面はやや明るいが、左側の下斜面は暗闇に包まれつつあった。道はしんとして、人通りはなく、右の斜面の家々にわずかに灯りが見えるだけだった。道に立つ数少ない街路灯の灯りは暗く、周囲の闇をより深くするだけだった。

道はやがて、ふたたびやや大きな道に交差した。やはり右側は上り坂、左側が下り坂だった。こんどの坂は前の坂よりよっぽど急だった。通ってきた道から坂道に出ると、猛烈といってもいいほどの風が坂上から吹き降ろしていた。とても右の坂上には歩いていけそうもないほどの風だった。わたしは風を避けるように前かがみになり、坂の上を見上げた。暗くなりかけた坂の頂上のさらに上のやや明るい空を背景に大きな三角形の屋根が坂を見下ろすように建っていた。屋根の上にはキリスト教会の巨大な十字架が立っていた。風に逆らって坂を上ることを諦めて、わたしは坂を降りることにした。坂を吹き降ろす強い風のために坂を降りるにも身体をまっすぐにして道の真ん中を歩くことはとうてい不可能だった。わたしは手前の家のブロック塀に沿って、ブロック塀につかまりながらゆっくり坂を降りていった。ひとつの家のブロック塀がつきると、次の家のブロック塀につかまりながら歩いた。

　坂の最後の家にたどり着いたころには坂道は平坦になり、坂道を吹き降ろす風は急激に衰えていた。坂道を降りると道は又交差した。左右の道は平坦で、真っ直ぐの道は川をまたぐ橋になっていた。左右の道のさきは川辺の公園だった。広い公園を挟んで向かいには街道が通っていて、アスファルトの道路が明るい街路灯に照らされていた。行き交う車も多く、賑やかだった。こちらの道には薄暗い数少ない街路灯が立ち、公園の中の街路灯も薄暗かった。わたしは左に曲がった。右側は公園、左側には鉄筋コンクリート造りのやや大きな家が数軒立ち並んでいた。そのうちの一軒の家の、一階のガラス張りの飾り窓の中には数体の人形が飾られていた。その飾り窓の明るい灯りが道を明るく照らしていた。公園にも道にも人の姿はなく、ひっそりしている。わたしの足音だけがひたひたと聞こえるだけだった。

道は公園の角で交差した。右にいくと明るい街道に向かう。わたしは左に曲がった。道は上りになる。この坂道には風は吹き降ろしていなかった。街路灯はまばらで暗かった。灯りのない暗い民家が道の両側に並んでいた。暗い坂道をはるか上まで見上げても人通りはまったくなかった。坂の途中の暗い民家に挟まれた一角に薄暗い看板をかかげた一軒の店があった。はげかけて読み難い看板の文字はかろうじて、ジャズバー・ブルースージーと判読できた。壊れかけているとしかみえない木造の瓦屋。木製のドアの下から灯りがもれている。かすかなトランペットの演奏がドア越しに聞こえていた。

わたしはドアを開けて店の中に入った。暗闇の中を歩いてきた目には、店の中は明るく感じられた。正面にあるカウンターの中でマスターと思われる男が煙草を吸っていた。マスターは白髪まじりで六十歳ぐらいに見えた。鼻の下と顎に白い髭をたくわえていた。

「いらっしゃい」マスターは煙草を灰皿に置きながら、もみ消したものかどうか迷っているようすだったが、とりあえずもみ消さずに、置くだけにとどめた。他に客はいなかった。

わたしはカウンターの、入口に近い隅の椅子にかけた。ホットコーヒーを注文し、マスターがコーヒーを淹れている間、店の中を見渡した。カウンターのほかにボックス席がふたつあった。壁の棚にはかなりのレコードが収められていた。カウンターの中のレコードプレーヤーのそばに立てられたジャケットはマイルス・デイビスのアルバムだった。ミュートのかかったトランペットのメロディはゆったりしていて、いかにもブルースという感じだった。まったく人けのない暗い道をさまようように歩いてきた身には、マイルスのブルージーな音色は憂鬱な気分をさらに増長させるものがあった。

マスターがわたしの前に置いたコーヒーカップからは芳香が立ち上り、その香りが憂鬱な気分を少し和らげた。マスターのふかす煙草の煙の匂いが店内に充満していたが、それも気にならなかった。マスターは吸い終わった煙草を灰皿でもみ消した。わたしは熱いコーヒーを一口飲んだ。コーヒーの香りと苦味が食道を通り、胃の中が温かくなった。わたしの気持ちはすっかり落ち着いた。

「マスター、コヴィッド19はどうでした」

「かかったけど、たいしたことにはならなかった」

「煙草は経過がよくないそうですが」

「まあね。でも、煙草はやめられないんだ。身体的にも精神的にも。煙草は今ではすっかり悪者になっちまった。この店でも煙草をいやがる客が多い。しかたがないから客がいるときにはなるべく吸わないようにしているんだ」

「マスター、Kを知っていますか」わたしは何気なく聞いてみた。

「Kなら、さっきまでここにいたよ。といってももう二時間ほど前になるかな。ちょうど、あなたが坐っているその席でコーヒーを飲んでいたよ」

わたしは期待もしないで何気なく聞いたのに、予想外の答えが返ってきたので、逆に呆然としてしまった。

「Kはよく来るんですか」

「そんなに頻繁にではないが、まあ、たまに来る」

「彼はジャズが好きなのかな」

「マニアではないが、少しは知っているというところかな」

「何か話しましたか」

「いまかかっているアルバムとは違うが、マイルスの別のアルバムがかかっていたが、いまでこそジャズの帝王といわれているマイルスだが、黒人ということで、当然人種差別でひどい目にあったこともたびたびあったはずだ。ニューヨークのジャズクラブに出演中、休憩時間に仲間と外で煙草を吸っていると、通りがかった白人にいちゃもんをつけられて、ひどい暴行をうけたことがあったんだ。そのような悲しい、悔しい経験がミュートしたトランペットの音色によく出ている、なんてことをKは話していた。マイルスのそのエピソードはかなり有名な話だが、Kが知っているってことは、ジャズに興味と知識が多少あるということだね」

「そんなもんですか」

「心が沈んでいるときにジャズを聴くと、ますます憂鬱になるとも言っていた。ジャズには明るい曲も多くあるが、ジャズの演奏ではブルーノートという、フラットした音をよく使うので、どうしてもブルージーになるんだ。それに加えて演奏に黒人特有のこれでもかというしつこさがあって、気が重くなるが、それがまたジャズのいいところなんだな」

「Kはかなり憂鬱な感じでしたか」

「そんなに沈んだ感じではなかったな。Kはもともとそんなに陽気な方ではないから、今夜も普通というところでしょう」

「そうですね。Kは普通といえば普通だなあ。少しこのあたりを歩いてみたんですが、人通りもなくて、やたらに急な坂道があって、道も暗いし、少し憂鬱な所だなって気がしました」

「コヴィッド19の流行以来、もともと人通りは多くないのに、人通りはさらに少なくなったね。なんか人が出歩かないのが美徳みたいになっちまったからね」

「坂道が多いのはどうしてですか」

「坂道の上にングシグシクの跡があって、そこが高くなっているから、そこに続く道はどこからでも上り坂になり、そこからほかに行くときは下り坂になる」

「グシク跡があるってことは、ひょっとしてウガンヂュもあるでしょうか」

「ウガンヂュもカーも数ヶ所、あるいは十数ヶ所あるかもしれない」

「Kはここを出て、どこにいくか言いませんでしたか」近くにウガンヂュがあるなら、Kはまだこのあたりにいるかもしれないと思って、聞いてみた。

「特にどこに行くとは言っていなかったね」

「店名のブルースージーはなにか意味があるんですか」

「別に特別な意味はないが、ジャズのブルースと店の前の坂道のスージをくっつけただけだ。店の前の坂道は通称うれい坂といわれていて、そのうれいというのがすなわち、ブルーということでもあるし」

「うれい、というと憂鬱の憂いですか」

「憂鬱の憂いに麗しいのれい、と書くんだ。こうだ、憂麗坂」マスターはメモ用紙に漢字を書いて見せた。

「憂麗坂、なかなか優雅な名前の坂ですね。なにかいわれがあるんですか」

「実はね、この坂の周辺の住民には鬱病の人が多いんだ。そのことに気づいている人は意外と多いはずなんだ。そういうことは人々の噂になるからね。その中のひとりが、たぶんその人も鬱病気味だと思われるが、憂鬱や鬱病をあまり苦にしないようにしたらいいのではないか、逆に憂鬱を麗しいと思ったほうが気が楽になるだろう、と考えたんだろう、それで憂麗坂と名づけて、密かに広めようとしたらしい。このあたりの人たちには浸透しているようだ」

「ここだけに限らず、近ごろはどこでも鬱病は多いと思いますが。引きこもりの人たちの中にも鬱病の人が多いんじゃないですか」

「そういわれれば、そうかもしれないな。近頃、世の中に閉塞感や不安感が充満しているといわれているから、人々にいろいろな精神疾患が現れるんだろう」

「このあたりにはグシク跡やウガンヂュが多くあるということですが。グシクやウガンヂュは人の心に安寧を与えるのによい環境ではないですか」

「こういうシーヂ高いところはいわゆるパワースポットなどといわれていて、観光などで訪れる人や、普通に生活している人にはいい影響を及ぼすかもしれないが、近くに住んでいる人の中で比較的弱い精神を持った人には逆に悪影響を与えているかもしれない」

「そうかもしれませんね。観光客は霊感を浴びて、パワーをもらってすぐ帰ればいいんですから」

「そこに住んでいる人は、良いにしろ、悪いにしろその強い霊力を年中浴びているわけだから、弱気な心でいると、たちまち霊に取りつかれてしまう」

「マスターもそんな感じがありますか」

「道の斜め向かいにある雑貨店は五人家族だが、鬱病だけではないが五人ともなんらかの精神的疾患を持っているんだ。鬱病もそうだが、精神的疾患はたいてい好不調の波があって、五人のうち比較的調子のいい人が家族の世話、食事やら洗濯やら家事の一切をやることになっているんだ。家族の中でも比較的軽い鬱病の長男が家族の面倒をよくみているようだ」マスターはわたしの問いにはまったく応えず、自分の話したいことをどんどん進めていった。

「とにかく、このあたりの丘の上はすべてグシク跡だから、そこに建っている家というのは多かれ少なかれ、なんらかの形で霊の影響をうけているのはまちがいない。立派な会社に勤めていた人が定年を間近にして、突然鬱病を発症して会社を辞めざるを得なかったという例がある。別の例では、会社経営の夫が鬱病になったが、その人は会社の経営で忙しいので、鬱病なんかしていられないというので、強引に鬱病を克服したという。するとそのかわりのように今度は奥さんが鬱病になった。また、街道筋で高級衣料品店を経営してずいぶん儲けて、グシク跡に土地を買って家を立てた人がいる。その土地はウガンヂュに隣接しすぎていて、ほとんど聖域内だから、家を建てるのは難しい、やめたほうがいいと、人々は言ったらしいが、その人はそんな迷信じみたことは信じない剛毅な人だった。敷地にあった霊石と思われる大岩を砕き、霊樹ともいうべき大きなガヂマルを切り倒して整地した。その地域でも一番大きな立派な家が建った。街道筋の衣料品店も繁昌していたが、年には勝てず、そろそろ引退を考えていたところ、街道拡張工事に店がかかり、補償金をもらって店をたたんで、隠居した。金のあるところに金が集まるとはよくいったもんだ。いままで夫婦で店に出て、一日中、一生懸命働いたおかげで、余生は楽に暮らせる。子どもたちも独立して、夫婦ふたりで住むには広くて立派過ぎる家だった。ところが、人生いいことばかりがいつまでも続くとはかぎらない。奥さんに霊がとりついたようで、鬱病になった。鬱病だけではなかったようで、ユタぶりして、夜中徘徊するようになった。ウガンヂュの祟りだと人は噂した。夫は海の近くに小さな家を建て、夫婦でそこに引っ越した。大きな立派な家はいまでは空家になってしまった」

「そんな話がまだ他にもあるんですか」

「まだまだいっぱいある。話してやろうか」マスターはまるで怪談話でもするような声で言った。わたしはそろそろKを探しにいかなければ、と思いつつ、マスターの話に引き込まれて、つい頭を縦に振ってしまった。

「考えてみると、グシクの中心のウガンヂュに近い家に住んでいる人ほど症状がよく出る傾向がある。さきに話したウガンヂュの中といってもいい場所に、神樹や霊石を排除して作った家の人は実は地元の人ではなく寄留民だったので、そんな無茶ができたのだ。地元の人はとてもあそこに家を建てようとは思わなかったはずだ。その人は論外として、もとからの地元の人たちはなるべくウガンヂュの近くには家を建てないようにはしていたんだろうけど、人口が増えるにしたがって、グシク跡は次々に整地されて、グシクの形さえわからないようになっていった。昔のグシクには立派な石垣があったそうだ。戦さでグシクを占領した米軍が石垣を壊して、いまの街道、昔の軍用道路を作るのに石垣を使ってしまって、グシクの形がなくなってしまった。グシクの石垣がなくなったことが、グシク跡が整地されるきっかけになったのはまちがいない。さすがにかろうじてウガンヂュとカーだけは整地したり、破壊するわけにはいかなかったので、いまでも民家に囲まれるように残っている。新しく整地された土地には主にグシクの周囲の旧村落の次男、三男たちが家を建てた。グシクはもともと旧村落の所有だから、土地を旧村落の人に安く分譲したのだ。旧村落以外の寄留民、特に米軍基地に土地を取られた人たちもグシク跡の周囲の土地を軍用地料で買って家を建てた。ヤンバルや他の村落から出稼ぎに来た寄留民たちは主に街道筋に地元の地主から土地を借りて家を建てた。グシク跡から離れた寄留民の家族には鬱病の症状は出ていないか、あるいは症状が軽いというデータが出ている」

「そんなにくわしく調べた人がいるんですか」

「あ、いや、それはわしが人の噂を聞いて感じたことであって、くわしく調査したわけではない。グシク跡の中心がどこかということはグシクの石垣がなくなっているのと、土地整理で丘の頂部分までが平地になってしまったので、はっきりしない。先に話したウガンヂュの霊石と神樹のあったところに建つ家、いまは空家だが、そこを仮にグシクの中心にすると、その隣の家がグシクの中心に一番近いということになる。確かに道はその家で行き止まりになっている。土地が少し他より上がっている。家のうしろは崖になり、ガヂマルやウシクの大木が茂っている。三人家族で、主人は会社を定年になって、別の場所にある自分所有の土地でのんびり畑仕事をしている。奥さんは活発で自治会活動や婦人会活動に積極的だ。ひとり娘は高校に入った頃から行動や言動がおかしくなって、ほとんど家に引きこもってしまっている。その家の隣が最初に話した会社を定年前に鬱病になった人の家。その隣が会社経営で、夫婦で鬱病を発症した人の家。その隣の家には兄弟が住んでいて、弟が鬱病で、成人になっても働かなくて、家庭内暴力があるらしい。この並びの家の、スージ道の入り口にあたる家の夫は役所に勤めていた。妻が宗教にこり、妻は家を出て、別居状態になり、そのせいか夫も性格が悪く変り、酒の量が増え、毎日酒乱の状態になった。とうとう役所を勧奨退職になり、いまでは立派なアル中になっている。アル中にはなっているけれども、それほど他人に迷惑をかけることもないし、本人は毎日好きな酒を飲んで、酔っ払っていい気分になっているから、それはそれでいいんだろう。とやかくいう身内もいないし、他人がどう言おうとかまわない、他の人たちも自分に迷惑がかからなければいいし、むしろ話のネタとしていいぐらいのものだと思っているだろう」マスターの饒舌は留まるところがなかった。

「酒といえば、ジャズメンにはつきものだ。酒と女、それに麻薬というのが、モダンジャズ勃興期のジャズメンにはついて回っていた。いまやジャズの帝王といわれているマイルスが若い頃、師匠と仰いだチャーリー・パーカーはモダンジャズの創始者のひとりだったが、ジャズは黒人が作り出した音楽だという自負と誇りを持ちつつ、現実には白人の経営するキャバレーやジャズクラブで演奏し、つねに差別的に扱われている。その矛盾と葛藤のために、いつでも酒と麻薬におぼれていた。

それに圧倒的な彼の演奏を聴いて、彼に群がるスノッブな白人の若い女どもを、差別される黒人として、逆に侮蔑をこめて抱きまくったそうだ。破滅的な生活のために、三十五歳の若さで死んだが、痛快な人生だったといえる。人生はつかの間の夢だから、すぐに人生は終わってしまうと思うと、鬱病だろうとアル中だろうと気に病むことはないと考えれば、それが一番いいのだし、宇宙の壮大さとビッグバン以後、いまだに膨張を続けている、百億年という気の遠くなりそうな宇宙の時間に比べたら、人の命は一瞬の光にも足りないものだ。生きていることにくよくよしても始まらない。理屈はそうだ。しかし、生きていることは細々としたわずらわしいことが多すぎる。やれ店を開けて仕事をしなければならない。客がきたら、たとえいやな客でもコーヒーを淹れてやらなければならない。それにコヴィッド19が蔓延すれば、わずらわしい仕事さえできなくなる。金がなければ人生で大きな楽しみのひとつでもある豪華な食事ができなくなる。まったく生きるということはわずらわしいことの連続だ。こういうことを考えていると、憂鬱にならざるを得ないではないか。まったくうまくいかないのが人生だ」マスターの話はだんだん支離滅裂になってきた。マスターの頭の中はいま、まとまりのつかない躁状態だと思われた。

「マスター、もうひとつ向こう側にある坂は強い風が吹き降ろしていましたが、ここの坂には風が吹いていませんね」わたしはマスターの話をさえぎるように言って、話題を変えた。

「あー、かぢふち坂のことか」マスターはうつろな眼をして、気の乗らないような感じで言った。

「かぢふち坂か」そのまんまの命名だとわたしは思った。

「あそこは年中風が吹き降ろしている。理由はわからない。時には強烈な風が吹き降ろすものだから、車も上りかねることがある。だからあの坂は下りの一方通行になっている。坂の上に教会がある」確かに尖った屋根の上に十字架が立っているのをわたしも見た。

「風はあの教会から出ているのではないかと近隣の人たちは噂している。教会で悪魔の儀式をしているのではないかと。いくらなんでもそれは映画か何かの陳腐なストーリーにありそうなことだ。しかし、夜に吹き降ろす風と坂の上に聳える十字架の組み合わせはホラー映画の映像にぴったりではある」たしかに坂の上の十字架は不気味な感じだった。

「あの教会は戦後すぐに建ったということだから、相当古くからあるらしい。しかも教会の建つあたりに昔は按司墓があったということだ。教会を建てるにあたってはアメリカの異教徒のことだから、うちなーの風習など歯牙にもかけず、按司墓の供養などはしなかったにちがいないし、骨を掘り出しもせず、按司墓を破損して、そのままその上に教会を建てたにちがいない。按司様のおさまらない怒りが風となって噴出しているのだ。ときどき生暖かい風になんともいえない匂いがまじっているということだ」なんだかまたすごい話になりそうだが、そろそろわたしはKを探しに行かなければならない。

「マスター、そろそろ勘定をおねがいします」

「もう帰るの。ワンコイン」五百円なんて、安い。

「わたしは今夜、ちょっと躁なんだ。実を言うとわたしも鬱病を持っているんだ」

やっぱりそうだったか。

「コーヒー、おいしかったです」わたしはマスター自身の鬱病、躁鬱病についてのコメントは避けて、椅子を立った。マスターのありがとう、という声とマイルスのミュートのトランペットの音を背にしながら、ドアを押して外に出た。

外は明るかった。この店に入った時にはすでに暗くなっていたはずだ。この明るさは昼間の明るさではない。空が明るいわけではなかった。靄のような白いベールが空にも地面にもかかっているような非現実的なぼんやりした明るさだった。地面がかろうじて見える。周囲の家はぼんやりした影のようだった。夕方でもない、夜でもない、時刻感覚を狂わせる風景だった。

わたしはしばらく店の前に立ち止まっていた。暗闇のほうがまだ歩きやすいと思った。坂の上も下もぼんやりと靄がかかっていて見通すことができなかった。わたしはどこに行けばいいのか迷っていた。坂の上にあるグシク跡のウガンヂュに行きたいのだが、不透明な靄に遮られた坂上には行くのを躊躇させるものがあった。店のすぐ横にスージ道があった。わたしはそこに歩いて行った。足下の地面が不透明なので歩きにくい、右側の家の影をたよりに進んだ。しばらく進むと、左側が岩の崖になっているのが見えた。そこには靄のようなものがかかっていなかった。ごつごつした岩肌も見えた。崖の高さは三メートルほどだった。道幅が徐々に狭くなっていくような気がした。しばらくすると右側のぼんやりした家の影が消えて、右側も左側と同じような岩の崖になっていた。道はさらに狭くなり、車は通れないほどの狭さになった。道は明るくはなく、むしろ薄暗いが、靄が晴れて、ものの輪郭がはっきり見えて、歩きやすくなった。

やがて、両側の崖はそのままコンクリートの壁に変わり、壁の高さがやや低くなり、天井にも床にもコンクリートが張られ、四角いトンネル状になった。コンクリートの天井には白熱電球がついていて、明るくなった。トンネルは行き止まりのと

ころで直角に左に曲がり、すぐにもっと明るい廊下のような場所につながってい
た。そこは建物の外側の廊下のようなところだった。わたしはトンネルから廊下に
出た。わたしは廊下を左に歩いた。すぐに建物の出入口に出た。

「あんた、もう帰るの」出入口の脇のフロントから声がかかった。わたしはフロ
ントの前に立ち止まって、フロントの中を見た。派手な化粧をした中年の女が坐っ
ていた。

「いや、そこのトンネルを抜けたらここに来たんだ。ここはどこだろう」

「そういやー、あんたを泊めたおぼえはないわね、裏からきたんだね。泊まるか
い。ここはホテルだよ」

「ホテルか。泊まるつもりはないよ」

「じゃー、帰りな。表から出るかい」

「いや、来たところにもどってみよう」

「そうしな」

見たところ、ここは連れ込みホテルのようだ。変なところに迷い込んだものだ。わたしは廊下を引き返した。左側には部屋が並んでいた。右側はコンクリートの壁だった。右側の壁の途中にあるはずのコンクリートのトンネルは見あたらなかった。長くもない廊下の右側の壁の何処を探してもトンネルの出入口は見つからなかった。コンクリートの壁があるばかりだった。わたしは動転し、トンネルの出入口のあった壁のあたりを押してみたが、回転扉のような仕掛けもなかった。わたしは仕方なく廊下を裏口のほうに向かい、裏口の戸を押して、建物の外に出た。外は真っ暗な夜になっていた。

ホテルの裏の道は車がやっとすれ違うことができるほどの狭い道だった。右側がやや下りになり、左側が上りになっていた。グシク跡のウガンヂュは丘の上だということなので、左に行くことにした。

道のところどころに街路灯が灯っていたが、道は暗く、人通りはなかった。だらだら坂を上っていくと、家と家の間の道路脇に丸くコンクリートで囲った井戸が街路灯の灯りに浮かび上がって見えた。井戸はコンクリートの蓋で覆われ、井戸の脇にはコンクリートで作った小さなウコール（香炉）があった。きっと昔は湧き水があったのだろう。その名残りを井戸の形にしてある。湧き水はなくなっても、ウガンヂュとしての役割はたしている。湧き水の跡があるからには、グシク跡とウガンヂュも近いと思われる。坂道が平らになったあたりの道の右側の家と家のあいだに広い前庭のあるウガンヂュがあり、暗い庭の奥に祠があった。ウガンヂュに人の姿はなかった。

そのウガンヂュの先にこんもりした岩山があり、岩山のうしろには黒い森があった。岩山の前で五つの道が交差していた。いずれの道も岩山に向かって上りの道だった。ここが丘のてっぺんだった。交差点の角々に街路灯があって、道は明るかった。わたしは道を横切って、岩山に近寄った。四角や丸い岩が無造作に積み重なっていた。人工的なものか自然にできたものかわからなかった。車も通らず、静かだった。わたしは手近の岩に手を置いて立っていた。しばらくすると、かすかに水の流れる音が聞こえた。音を辿ってみると、暗い岩の間から水が地面に流れ落ち、コンクリートの蓋をした道路の側溝の格子に流れ込んでいた。岩山の周囲を回ってみると、水の流れはいくつもあって、あちこちの側溝の格子から下水道に流れ落ちていた。岩山の上のほうに湧き水が出ているらしい。岩山の周囲には上り口らしいところは見つからなかった。夜に岩山を上るのはあぶないので、今夜は湧き水の元を探すのは諦めるしかない。さっきの広い前庭のあるウガンヂュにもKの姿はなかった。ウガンヂュが好きなKでもまさか夜の岩山にはいないだろう。この岩山の湧き水の探索は明るくなってから、明日にでもすることにした。

今夜、Kの行方を探すのはもうやめようと思った。わたしは上ってきた道とは違う、ひとつ隣の坂道を降りていった。街路灯の灯りは暗く、人は歩いていなかった。両側に暗い家々が並ぶ坂道を下っていくと、家々のあいだに薄暗いネオンサインがやや離れてみっつ見えていた。それはどうやらホテルの看板らしい。まともなホテルとは思われないが、今夜はKを探して歩きまわり疲れたので、どんなホテルでもいいから、泊まろうと思った。最初に眼についたホテルに入ることにした。ネオンサインの看板はかなり古い。ホテル白浜という字がかろうじて読めた。車が数台入る駐車場の奥に入口があった。車の停まっていない駐車場を横切って、看板同様、ホテル白浜とかろうじて読める字が書いてあるガラス戸を開けた。風呂の番台のようなフロントの中には派手な化粧をした太めの女が坐っていた。どうも見たような人だと思った。ここはコンクリート壁のトンネルを通ってきて、迷い込んだあのホテルだった。

「いらっしゃい。あら、あんた今度は入口からやってきたね」女もわたしを憶えていた。わたしはこのホテルの裏口から出て、グシク跡の丘を回って、どういう因縁か、またこのホテルにたどり着いたのだ。

「今夜、泊めてください」わたしはどっと疲れが出た。

「あんた、ひとりかい」

「ひとりだよ」

「ここはねえ、連れ込みホテルだよ。いまでいうラブホテルさ」

「ひとりじゃ、泊めてくれないのかい」

「泊めてもいいけど、料金はふたり分もらうよ、いいかい」

「え、どうして」

「連れ込みホテルだからさ」理屈も何もあったもんじゃない。いまさら別のホテルにいくのも面倒くさい。

「しかたない、払うよ」

「前金よ、一万円」女は右手を出した。わたしは財布から一万円札を出して女の手に渡した。

「廊下左側の四号室」

「え、四号室」

「そうよ、何か」

「ホテルには四のつく階や部屋はないと思っていたが。縁起が悪いから」

「そうかしら。そういえば、その部屋でずいぶん前だけど心中事件があったわね」

「えー、やばいよ。部屋かえてよ」

「空いた部屋はそこしかないよ」

「何も出ないよね」

「西洋の由緒あるホテルには幽霊が出るのが当然だって話よ」

「そりゃー、由緒あるホテルのことでしょう」

「このホテルも古いよ」

「古いの意味が違うと思うけど」

「泊まるの、どうするの」

しかたなく、わたしは女が渡したキーを受け取って、一度来た憶えのある廊下を歩いていった。部屋は左側にいくつか並んでいた。右側は前に見たようにコンクリートの壁だった。わたしの眼はどうしても右側の壁に向いた。ちょうど四号室の向かい側の壁あたりにトンネルの口が開いていたはずだ。わたしはそのあたりを手でさわり、押したりしてみた。壁は動かなかった。

「あんた、何してるの」女がフロントから顔を出して見ていた。

「いや、何でもない」女が言ったように、四号室以外の他の部屋は埋まっているようだった。わたしは四号室のドアを開けて、中に入った。

奥にダブルベッドがあり、テーブルとソファがベッドのそばにあるだけの狭い部屋だった。トイレを兼ねた狭いシャワー室があった。疲れていたが、裸になってシャワーを使った。着替えの下着を持っていなかったので、裸の上に直接備え付けの浴衣だけをつけて広いベッドに寝そべった。うつらうつらしていると、ドアがノックされた。誰かきたようだ。ぼんやりした頭で、ベッドから降りてドアを開けた。

「はーい、こんばんは、あたしケメ子よ」ピンクのワンピースを着た女が入ってきた。眠気まなこをこすってよく見ると、眠気がふっとんだ。女はKの妻だった。

「Kの奥さん」女はドアを閉めて、わたしの顔を見つめた。

「Kなんて人知らないわよ」

「そんなことないでしょう。Ｋの奥さんでしょう」

「違うわよ。わたしはケメ子よ」絶対にＫの妻に間違いないと、わたしは思った。

「じゃあ、どうしてここに来たんですか」それも不思議だった。Ｋの妻がわたしがここにいることを知っているはずはない。偶然にしてもおかしい。Ｋの妻じゃないのかな。絶対似ている。

「あたし、派遣なの」

「派遣て、何の」

「つまり、このホテルの専属派遣婦人。ラブホテルにひとりで泊まる客のお相手」

「そんなの頼んでないよ」

「いいのよ、半分サービスだから。ふたり分のお金払ったんでしょう」

「払ったけど」

「その中からあたしの分が出るの。チップはもちろん大歓迎よ。さあ、はじめましょう」

女は着ているワンピースを頭から脱いだ。服の下には何も着けていなかった。用意周到だった。わたしはあっけにとられたが、疲れと眠気はふっとんだ。わたしも浴衣を脱ぐ。浴衣の下は女と同様裸だった。久しぶりにKの妻を抱くような気持ちだった。Kの妻はこの女のように陽気なところはまったくなかったから、顔はよく似ているが、まったくの別人かもしれない。

女は言動同様に派手な動作だった。Kの妻とはいつも穏やかな行為だった。この女とのような荒々しい行為はしたことがなかった。ガヂマルの部屋で最初にKの妻と交わった時の、あの野獣の如き行為は別として。この女と久しぶりにあのガヂマルの部屋での野獣のような野蛮な行為をわたしは期待したが、あれほどではなかった。女は多分に芝居気たっぷりなわざとらしい態度だった。女は最後に、大げさな声で、あー、あんた、と叫んだ。この声もわざとらしかった。Kの妻の最後の声とは似ても似つかなかったが、Kの妻が鬱の時はあー、あなた、と弱々しく言い、躁状態の時には今のような声で叫ぶ、と考えると、女はやっぱりKの妻ということになるかもしれない。ひょっとすると、この女、二重人格で、Kの妻の別の人格なのかもしれない。女はワンピースを頭からかぶると、わたしに笑顔を向けて、無言で部屋を出て行った。わたしは女に五千円のチップをやった。

ベッドの上で眼を覚ました。窓にはカーテンがかかっていて部屋は暗かった。起き上がって、部屋の灯りをつけた。カーテンを開けてみると、外はまだうす暗かった。疲れて寝たので、夢も見ずによく眠った。睡眠は充分だった。気分も悪くなかった。ただ空腹感が激しかった。昨日はよく歩き回ったが、食事をしていなかった。いつ食事をしたのかはっきりした記憶がなかった。備え付けの小さい冷蔵庫を開けてみたが、冷蔵庫にはさんぴん茶のペットボトルが一本入っているだけだった。しかも冷蔵庫の電源は切られているらしく、さんぴん茶は冷えていなかった。いつのものかわからないさんぴん茶を飲むのは危険だ。

少し早いが、チェックアウトしようと思った。顔を洗って、着替えをして部屋を出た。部屋の向かいの壁が気になって、押してみたが、やっぱり壁は動く気配はなかった。フロントに鍵を返した。

「あんた、チェックアウトが遅いよ。あと一日分の料金が必要だよ」

「まだ、夜明け前じゃないか」

「あんた、寝ぼけているね。もう夕方だよ。ケメ子に搾られたんだね。もっとも、昨日あんたが来たのももう夜明け前だったけど」

わたしは唖然とした。グシク跡やウガンヂュのあたりを歩き回っているあいだに、時間の感覚が狂っているとしか思えなかった。

「まあいいさ、追加料金はなしにしておくよ。前金でふたり分もらったし、ケメ子にもチップをはずんでくれたようだからさ。またおいでよ」女は派手な化粧をした顔でわたしにウインクした。

わたしは無言でホテルのガラスドアを押して外に出た。睡眠を充分とって、いい気分だったのが、時間の感覚の狂いを考えると、急に不安な気持ちになってきた。外は黄昏で、すでに暗闇が迫ってきていた。明るいうちに、坂の上の岩山を探索する予定が大きく崩れてしまった。駐車場を出て、前の坂道に出ると、いままで忘れていた空腹感が急に激しくなってきた。近くを見回しても食堂らしきものは見当たらない。坂の上の岩山あたりにはおそらく食事をするところはないだろう。坂を降りたら、街道筋に出るに違いない。街道には食堂があるはずだ。食堂がなくてもコンビニぐらいはあるはずだ。わたしは坂道を下りていった。

道は急速に暗闇に包まれていった。坂道の下も暗闇にとざされ、街道の灯りは見えなかった。この坂道は街道に続く道ではなさそうだった。昨日から坂道ばかり歩いているが、ひとつとして同じ坂道を通った憶えがない。この坂道は風が吹き抜ける坂道ではない。ジャズ・バーの看板も見えない。どこに向かう坂道だろう。かなり長い坂道のようだ。人通りはない。暗い街路灯がところどころに灯っている。街路灯の灯りは足下までも届かない。暗い夜道と空腹感で不安が増大する。坂道の傾斜が小さくなった。道の正面にかなり大きな建物が黒く立ちはだかっていた。道は建物にぶつかって、建物に沿うように左右に分かれていた。建物の暗い壁の前に立って、左右何処に歩いて行こうか考える。いったいこの大きな建物は何だろうと考えてみる。映画館のような建物の裏側か側面の壁みたいな感じがした。左のほうに地面に置かれた看板の灯りらしいのが見えた。そっちに歩いていった。大きな建物の端っこの部分に店があった。看板には喫茶・お食事久路庵と書いてある。わたしは木製の扉を押した。カラン、というカウベルの音がして、扉が開いた。

店の中はやや暗く、幅は狭いが、奥行きがあった。奥のカウンターの中に人がいた。わたしは奥に歩いていった。カウンターに着くと、

「いらっしゃい」と店の女主人が言った。

カウンターのあたりだけ、店の中のどこよりも明るかった。女はエプロンをかけていた。年のころは六十歳を超えていると思われた。ハンカチーフで巻いた髪は半白だった。カウンターに五つの椅子があり、フロアに四人掛けのテーブルが三つあった。客はわたしひとりだった。わたしは黙ってカウンターの真ん中の椅子に坐った。

「何にする」女主人がハスキーな声で言った。

「何か食べるものを」

「じゃあ、お勧めのものでいいかな、和風スパゲッティとトーストセット、コーヒーはサービスよ」

「それでいいです」メニューを聞いただけで、唾が出てきて、腹がきゅー、と鳴った。すぐに熱いコーヒーの入ったマグカップが眼の前に置かれた。わたしはふーふーいいながら熱いコーヒーを飲んだ。喉を熱いコーヒーが通り、胃の中が暖まった。腹の虫がとりあえずおさまった。不安な気持ちも落ち着いた。店の中には昔のフォーク調の歌が流れていた。女主人は厨房の中に入っていた。厨房からパンの焼ける香ばしい匂いが漂ってきた。スパゲッティを炒める音が聞こえ、思わずよだれが出そうになった。わたしの腹は再びきゅーと鳴った。痛いほど胃が収縮した。

熱々のスパゲッティとバターの固まりが載った厚いトーストがカウンターに置かれた。わたしは右手に持ったフォークにスパゲッティを巻きつけ、口に運んだ。よく味わいもせず、飲み込んだ。胃袋にせかされるように、左手に持ったトーストと右手に持ったフォークに巻き付けたスパゲッティを交互に食べた。たちまち全部食べつくしてしまった。

「よっぽど、飢えていたのね」私の前に立っていた女主人があきれたようにいった。女主人がコーヒーを追加してくれた。わたしは熱いコーヒーを一口飲んで、やっと一息ついた。

「おいしかったです」

「そうおー、味わう暇はなかったんじゃない」言われてみれば、味わうよりも腹を満たすことが急務だったようだ。

「煙草吸ってもいいかな」女主人は煙草をくわえて言った。

「いいですよ」わたしは煙草を吸わないが、数年前までは煙草を吸っていたので、他人が吸うのを嫌がることはない。

「煙草を吸い始めてから五十年になるわね。やめられないわ。わたしが煙草を吸い始めた頃は、女が煙草を吸うなんて下品だと思われていたわ。いまじゃ、男は煙草をやめてしまって、かえって女のほうが煙草を吸うようになったわね」そうすると、女主人は七十歳ほどになる計算だ。女主人はうまそうに煙草を吸い、白い煙を吐き出した。煙草の香りがわたしの鼻の粘膜を刺激した。数年前に煙草はきっぱりやめたが、食後の満腹感ということもあって、食後のコーヒーと煙草の一服という快楽の記憶がわたしの脳裏に一瞬浮かんで消えた。

「この大きな建物は何ですか」

「ここね映画館だったの。もうずいぶん前に潰れてしまったけど、地主と建物の主との話し合いがこじれていて、壊せないでいるのよ。わたしの店は映画館がまだ営業しているときからやっているから、そのまま貸してもらっている。話し合いが決着するまでは借りてもいいことになっている」

「長いんですか」

「かなりね。今じゃあ、客はほんとに少ないけど、七十年ころはそれは忙しかったし、いろんなおもしろい人たちがいっぱい来たわ。ここね昔フォーク喫茶だったのね」それで壁にギターが何本かぶら下がっていた。

「あのギターはもう何年も誰も弾いてくれてないわね」わたしが店の中を見回しているのを見て、女主人は言った。

「ここでギターを弾いて歌っていた人が何人かプロのフォーク歌手になったわ」女主人はカウンター越しにわたしの前に坐って煙草をふかしていた。

「民謡の大御所といわれている人たちもよくきたわ。その人たちも、ほとんど亡くなったわね」

「あのー、Kが来ませんでしたか」わたしは何気なく聞いてみた。

「あら、Kちゃんならさっきまでいたわよ。二時間ぐらい前かしら。そこの席であんたと同じセットをあんたと同じようにがつがつ食べていたわよ」

「そうですか。Kとは何か話しましたか」Kは常にわたしに先行し、わたしの追跡を前もって知っているかのような行動をしている。

「Kちゃんねー、琉球は独立すべきだとか、ニッポンからもアメリカからも独立すべきだと、小さい声で言っていたわ。そんな重大なことは大きな声で主張しなさいと、わたしは言ってあげたわ。琉球独立といえばさあ、ちょうど七十年にクヂャ暴動があったでしょう。あんたたちの年じゃあわからないでしょうね」クヂャ暴動のことは結社の資料で読んだし、残っているビデオも見たからよく承知している。

「Kはよく来るんですか」女主人がKちゃんなどと気安く親しげに呼ぶのが気になっていた。

「そうね、ときどき食事にくるわね」

「そうですか」

「七十二年が復帰の年だから、七十年はまだニッポン復帰前でしょう。クヂャ暴動はニッポン中に報道されたでしょう。ニッポンでも七十年は安保の年でもあったし、学生運動も盛んで、政治闘争が盛り上がっている時期だったのよ。それでね、クヂャ暴動が起きると、ニッポンの革命家と称するかなり有名な方々がうちなーに乗り込んできたの。当時はうちなーとニッポンの往来にはパスポートが必要だった。革命家を称する要注意人物にはニッポンのパスポートは交付されても、琉球列島高等弁務官が琉球への渡航を許可しなかった。それでも何人かの革命家と称する人物はやってきた。勿論、正式に渡航できないから、明らかに密航よね。南西諸島の道の島々を経由してやってきたのよ。そしてね、その革命家たちはどういうわけかこの店にもやってきたのよ。あの頃のフォークのメンバーは全員左翼だったから、そういう連絡網があったんでしょうね。革命家たちはクヂャ暴動に深い関心を示していて、うちなー、とくにアメリカ軍基地の集中するクヂャではいますぐにでも革命が起こると思っていたのかしら。クヂャではこの店を拠点にしたのよ。革命家たちはうちなーやクヂャの独立闘争を熱く、具体的に話したわ。もちろん武装闘争も含めてね。いまにも警察やアメリカ軍を相手にして武装闘争を起こしそうな勢いと熱気があった。クヂャ革命とか琉球独立とか、今考えると滑稽だけど、ほんと真面目に話していたのよ。革命家たちに加えて、学生運動の指導者がニッポンで指名手配になって、密航してうちなーに来て、この店でかくまったこともあるのよ。そんな怪しい人たちの出入がたびたびあったので、この店も警察に眼をつけられて、公安が店の前に張り付くようになったの。結局、革命家たちも指名手配の学生たちも逮捕されてニッポンに強制送還されたわ。警察の手から逃れた人たちは、ニッポンに密航して帰ってしまって、クヂャ革命も琉球独立も不発に終わったわね」

結社の資料にはないおもしろい話だ。

「Kちゃんの話だと、今は琉球独立のために大学教授らが研究をしているということだわね、まあそれはいいことよ。独立の正当性を立証することだから。でもねえ、わたしが思うには、クヂャ暴動の当時のような熱い志のある革命家が必要なんじゃないかと思うわ。学問だとか研究だけでは運動は盛り上がらないわよ。極端なことを言っちゃうと、誰かがさー、うちなーは独立します、とニッポンや世界に向かって公に宣言するのよ。あとのことはなんくるないさ、というわけさー。あんまり真面目に考えていたら、いつまでたっても独立はできないわね」煙草をふかしている女主人が女闘士に見えてきた。

「ごちそうさまでした。勘定をお願いします」

「もう帰るの。五百円ちょうだい」

「それだけでいいんですか」

「いいのよ」

「これからKを探しにいくんですが。彼どこにいったか、わかりますか」

「Kちゃんね、ウガンヂュに行くって言っていたわね。店出て、右に行くと坂道があるから、そこを上っていくとウガンヂュに行きつくはずよ」

「ありがとうございました」

私は店を出た。外は暗かった。すっかり夜になっていた。うす暗い街路灯がところどころに立っていたが、道は暗かった。すぐに坂道に出た。正面には民家のブロック塀がある三叉路だった。坂道の途中らしく、坂下も坂上も暗く、どちらも先の見通しがつかなかった。人通りのない暗い坂道だった。わたしは坂道を上りにかかった。風が吹き降ろしていないので、かぢふち坂ではなかった。ジャズ・バーも見当たらないので、憂麗坂でもなさそうだ。丘の頂上の岩山やウガンヂュに上る坂道のひとつにちがいない。暗い坂道の両側には暗い民家が建ち並んでいた。

坂道をひたすら上っているつもりだったが、気がつくと、道はいつの間にか平らになっていた。坂の上、丘の頂上にしては岩山やウガンヂュが見当たらない。道の両側には民家が立ち並んでいる。坂道は一本道で、坂道の途中で分岐点はなかったはずだが。しかしどうやら、坂道をはずれた道に入り込んだようだ。道は徐々にせまくなってきた。やがて民家が途切れ、道の両側はわたしの背より少し高い、古びたような石垣に変わった。やがて石垣は左側だけになり、右側には家が現れた。道はその家の縁側の前庭につながっていた。道はその家の庭で行き止まりだった。わたしは勢いでそのまま歩き続けてその家の庭に入り込んでいた。家には灯りがついていた。縁側に向いた座敷の戸は開け放してあった。わたしは引き返さなければならないと思っていたが、ふと座敷のほうを見ると、座敷のソファに坐っている男と眼があった。

「あ、すみません。道を間違えました」わたしは頭を下げながら言って、引き返そうとして、身体の向きを変えて歩き出そうとした。

「ちょっと、待ちなさい」男はソファから立ち上がり、よろよろした危なっかしい足取りで縁側に出てきた。わたしは立ち止まって、縁側に立つ男と向き合った。男は七十歳以上に見えた。髪は真っ白で、顔には深い皺があり、身体は中背でかなり痩せていた。灰色のトレーナーの上下を着ていた。

「急ぐのかね」男は縁側の柱を手でつかまえて身体を支えるように立っていた。

「急ぐわけではありませんが」わたしには急ぎの用事はまったくなかった。Kを探す目的はあったが、それも急ぎではなかった。むしろそれもどうでもいいことのように思われてきていた。

「じゃあ、ちょっと上がりたまえ」男は言って、わたしの返事を待つこともなく、よろよろと危なっかしい足取りでソファに戻っていった。男はわたしが当然、家に上がるものと決めているようだった。わたしは返事する間もなく、やや呆然と立っていたが、何の考えもなく、男の言うままに、靴を脱いで縁側に上がった。男はソファからわたしに手招きをしている。男が坐っているソファとテーブルを挟んだ向かいのソファにわたしは坐った。

「飲むかね」男はテーブルの上に伏せておいたグラスのひとつにアイスペールから氷を数個入れ、ウイスキーのボトルからウイスキーを半分ほど入れた。ピッチャーから水を入れてグラスを満たした。そして丸い厚紙のコースターをわたしの前に置き、その上にウイスキーグラスを置いた。

「飲みたまえ」わたしは男のスムーズな手さばきを呆然と見ているだけだった。わたしはグラスを手に取って、飲んだ。濃いウイスキーの味がした。舌がしびれるようだったが、うまいウイスキーだった。

「おいしいです」わたしは言った。

「今日は珍しく人が迷い込む日だ。君が二人目だ」言われてみると、テーブルの上にすでに使われたらしいグラスが一個おかれていた。ひょっとするとKもこの家に迷い込んだのかもしれない。

「それはKという人じゃないですか」

「名前は聞かなかった。酒を飲みすぎた次の日は鬱病みたいになるとか話していた。琉球独立なんて話もしたな」Kにちがいなかった。

「その人はいつ帰ったんですか」

「ウイスキーを三、四杯飲んだが、さて何時に帰ったのやら、よう憶えておらん。かなりご機嫌になっておったが」

「そうですか」いままでの経過をふまえると、いつもKがわたしに先行しているようだ。

「きみ、ピーナッツでもつまみたまえ。ウイスキーのつまみはピーナッツにかぎるよ」わたしはテーブルの上のピーナッツやアーモンドなどのミックスナッツが盛られた皿からアーモンドをひとつつまんで口に放り込んだ。

「わしも若い頃は、といってもわしはまだ六十歳だがな」わたしは少しびっくりして、男の顔をまじまじと見た。わたしには七十歳以上に見えた。

「きみ、わしがもっと年寄りだと思っただろう。無理もない、長年のアルコール耽溺で身体は弱っている。わしはアルコール依存症でな、若い頃は酒を飲みながら食事もし、つまみには肉を食っていたから体力はあったが、いまじゃ、酒のつまみはピーナッツだけだ。食事もほんのちょっぴりしか食えなくなってしまった」ひょっとすると、ジャズ・バーのマスターが話していたアル中の人というはこの人のことじゃないかな。しかし、確かめるためにわざわざジャズ・バーのマスターのことを話す必要もないだろう。

「わしがアル中になったおかげで、妻も子どもも家を出てしまいおった」やっぱりそうだ、あえて聞く必要もなかった。ジャズ・バーのマスターの言ったとおりだ。

「妻はわしがアル中になったためだけではないと思うが、おかしなアーメンの宗教に入れ込んでしまった」これもジャズ・バーのマスターの言ったとおりだ。

「その宗教ではアルコールはだめ、コーヒーのような刺激物もだめ、もちろん煙草もだめっていうんだ。わしはそのみっつが大好きでな。妻とは年中大喧嘩さ。妻が出て行くのは当然と言えば当然だな。わしにとっても妻が出て行くのはどちらかといえば大賛成さ。でも子どもが反発して、出て行ったのにはちょっとショックだった。でも娘はちゃんと結婚して孫も生んだ。たまには家にも訪ねてくる」男はテーブルから煙草の箱を取り、一本出して口にくわえ、使い捨てライターではない、立派なライターで火をつけた。

「きみ、煙草吸うかね」

「いえ、結構です」

「そうか、煙草はいいよ。酒でぼんやりした脳を活発にするし、憂鬱なときにも気分が高揚する」わたしが煙草を吸っていたときにも、たしかに酒を飲んでいるときにはいつもより多く煙草を吸った。しかし酒の酔いを醒ます効果はたんなる気分的なものだったような気がする。酒を飲みすぎた二日酔いの朝は気分が悪くて、煙草を吸うといつも吐きそうになったものだった。

「わしのアルコール依存は役所に勤め始めた時に始まったな」間違いない、ジャズ・バーのマスターの言ったとおりだ。それで役所を勧奨退職したんだ。

「わしは若い頃から酒は好きだった。役所の飲み会や同級生のむえー（模合）などもあって、週末は毎週のように飲み会があった。若いうちはそれでよかった。酒を楽しく飲んで、翌日はさっぱりした気持ちで役所に出勤できた。よくいわれるように、公務員の仕事は気楽なものだった。しかし、長年勤めていると、だんだん地位が上がっていく、それで同期の連中と競争みたいになるのは仕方のないことだった。係長にもなると、気楽に勤めるなんて言えなくなってしまった。ストレスが溜まるんだ。上下関係も含めて人間関係がどんどん悪くなっていく。それで酒に逃げるというわけだ。楽しいだけだった酒がいつの間にか現実逃避の酒になってしまった。飲みすぎて欠勤することが多くなった。ついには朝一杯ひっかけないと出勤できなくなった。当然のことだが、噂といおうか事実といおうか、わしがアル中で、欠勤が多くなり、大事な仕事はまかせられないということは役所の職員全員の共通認識になってしまった。上司の忠告でアルコール依存症をなおすために病院にも通った。アル中が集まる団体にも入った。役所を長期に休んで療養をしたりしたが、そのときだけ治ったように思えるが、すぐもとにもどった。それでも公務員のいいところは、あるいは悪い習慣かな、酒が残っていて、仕事がほとんど出来ないような状態でも、無断欠勤がたびたびあっても、本人がやめると言わないかぎり、解雇ということにはならないんだ」まったく公務員は天国にいるみたいなものだ。民間の会社だったら、即クビだろうな。

「周囲の連中はどうして辞めないんだろうと思っていたはずだし、わし自身もどうして辞めないでいられるのかわからなかった。長い間の習慣にしたがっていただけなのだ。辞めて何をするか、役所を辞めてしまって、家に一日中いたらますますアルコール漬けになるだけじゃないか、と恐れてもいた。まがりなりにも役所にいるあいだは仕事はしなくてすまされるが、まさか役所で酒を飲むわけにはいかないからね。それでも五十五歳までねばっていたからな。五十五歳になって、さすがに上司や同僚からも退職を勧められたよ。ついに勧奨退職というわけだ」男はウイスキーのグラスを口に運び、煙草を吸った。ウイスキーをうまそうに飲み、煙草をじつにうまそうに吸っている。煙草をやめたわたしだが、男がうまそうに煙草を吸っているのを見ると、つい吸いたくなる。ウイスキーを飲む手つきもスムーズで、アル中のイメージにつきまとう、手がぶるぶる震えるなんてことはまったくなかった。もっともアル中の手が震えるのはアルコールが切れたときの禁断症状だから、酒を充分飲んでいるいまのような状態では手は震えないのだろう。

「役所に行かなくなって、家に一日中いるようになって、気がついたのだが。家にいるのはいつもわしひとりということだった。娘はすでに結婚していた。結婚したことは憶えている。結婚式などはしなかったんじゃないかな。記憶があいまいだ。アルコール性健忘症だ。女房はすでにアーメン教に打ち込んでいて、朝早くからアーメン教の布教に出かけていて、夜遅くならないと帰らなかった。家にわしひとり取り残されて、食事や家事などはどうなっているやら、さっぱりわからない。女房は一日中家にいないも同然だった。食事の支度も、洗濯もしている気配はない。役所勤務中は家のなかのことにはまったく無関心だった。ただ酒を飲んで、寝るだけのところが家だと思っていた。役所は土曜日曜休みだし、しばしば役所を無断欠勤して家にいることが多かったはずだが、家の中がこんな状態だとは、いままで気がつかなかった。まったくアルコール痴呆症と言うべきだよ。アルコール依存症になってから、わしの頭の中にはいつどこにいても酒のことしかなかったことがよくわかった。周囲のことにはまったく無関心だった。それがいま、役所を辞めたおかげで、つまり役所勤務のストレスがとれたので、少しは自分の身の回りに眼がいくようになって、やっと、いろんなことに気づきはじめたということかもしれない」話しているあいだも男はウイスキーを飲み干し、新たにウイスキーを作り、煙草はチェーンスモークでふかしていた。気がつくと、わたしは男の話に熱心に耳を傾けつつ、ウイスキーを飲み干してしまうと、わたしもボトルのウイスキーと氷と水を自分のグラスに注ぎ入れ、勝手にウイスキーを飲んでいた。

「女房が朝から晩まで外出して、わしはひとり家に残されてしまう。女房は朝食を作ることもあるが、それもただ食パンを焼いてトーストを作るだけ。たまに気まぐれに目玉焼きを作ってくれた。あとは牛乳を飲むだけだった。夕食は女房はたいていどこかで済ませてくる。わしは自分で料理しないといけないことになっていた。酒を飲むのは得意だが料理となるとまるでだめだ。酒のつまみをつくるのさえ面倒くさい。だから酒のつまみはピーナッツがいいのさ。面倒がなくて。そのうち女房は朝食さえも作らなくなった。しかも、すでに家庭内離婚状態だったのだが、いつのころからか女房は家に帰らなくなった。いまでは、女房がどこにいるかもわからない。離婚したわけではない。女房は本格的にアーメン教に心身を捧げることにしたようだ。家に帰ることもなく、わしの面倒を見ることもないが、金だけはわしの退職金の半分は持っていきやがった。わしには少しだが軍用地料もある。それも半分はよこせときやがった。しかたないから女房の言うとおりにしている。それでもわしひとりが暮らせる金はまだ充分にある。食事のことだが、いまではデリバリーという便利なものがあって、フォンやパソコンで注文すれば、すぐに届けてくれる。カード払いにすれば、何の面倒もない。いまはコヴィッド19が蔓延しているそうだが、わしが感染しているかどうか、検査もしたことがないからわからんが、やーぐまいしているから大丈夫だろう。配達人とも最低限の接触で済む。酒やつまみのナッツ類も全部、フォンとパソコンで注文している。わしはずいぶん長い間、家を出た事がない。人と話すこともまったくない。今夜は迷い込んだ客がふたりも来てくれて、ずいぶん久しぶりに話ができた。ところで君、コヴィッド19はかかったかね」

「はあ、とっくにかかりましたよ。ワクチン接種もしましたが、まだワクチンしてないんですか」

「わしは家を出ないし、ワクチン注射も面倒だしな。まあ、何時死んでもいいと思っているから、コヴィッド19なんてどうでもいいよ。ときどき役所の職員が健康診断やワクチン接種のことで家に訪ねてくるが、わしはたいてい酔っ払っていてまともな応対ができないものだから、玄関先で帰っていくばかりだ。わしが元役所の職員ということもあって、話しづらいこともあるだろう。同じようにフォンやパソコンで注文した宅配便やデリバリーの料理なども酔いどれ状態では受け取ることができないことが多いんだ。そこで、玄関ではなく君がやってきた裏道を通って、この縁側に来るように言ってある。わしが対応できないときはかまわないから縁側に置いていってくれと言ってある。たいていわしは痴呆状態だから、注文したものはいつも縁側に置かれている。一日のうち精神が正常なわずかなあいだに、必要なものは注文しておく。同じく正常なときに、縁側に置かれたものを回収するというわけだ。受け取りができない場合は縁側の柱にぶら下げてある印鑑を勝手に受領書に押してもいいということにしてある」男のおしゃべりは留まるところを知らなかった。

「かように、わしは毎日、昼夜問わず酒を飲んで酔っ払っているようにみえるが、ときには飲み疲れるということもある。一日のうち、夜昼は問わないが、数時間ぐっすり眠る時間帯がある。その睡眠から覚めて起きると、いつでもとはいわないが、アルコールが抜けていて、気分がさわやかで、頭もすっきりしていて、すぐにはアルコールも欲しくなくて、何か知的なことがしたくなることがある。そんな数時間にわしは読書をすることにしている」意外な展開になってきたようだ。居間を見回してみると、壁際にきちんと整理された本棚があって、ぎっしり本が詰まっていた。全集ものらしかった。

「わしの好みはドストエフスキーなんだよ。全集を揃えてある。ネットで注文して取り寄せた」わたしが本棚を見ているのに気づいたらしい。

「ドストエフスキーの小説に出てくる主人公たちはいつでもウォッカを飲んでいる。酔っ払って問題を起こすか、そうでなければ酔いつぶれて路地裏で寝転がっている。九等官だの、十四等官だのという貧乏な下級官吏などが主人公だ。長編小説の中で登場人物たちはその大半が酔っ払ってくだを巻いている。代表作のひとつ、大長編のカラマーゾフの兄弟なんてものは、のべつウォッカを飲んで、酔っ払って、長広舌を弄している。世界的大名作と言われているが、大いなるたわごとの連続としか、わしには思えない。たいていの小説にいつも出てくる、ウォッカを飲んで愚痴ばかり言っている、貧乏な下級官吏というのは役所に勤めていたころのアル中のわしのようで、身につまされるし、共感できるな」わたしは頭がふらふらしてきた。だいぶ飲み過ごしたらしい。

「きょうも寝起きの頭がすっきりしているあいだに迷い込んだ客がふたりも来た。おかげでいろいろ有意義な会話を楽しむことができた。君、ありがとう。もっと飲みたまえ。ほらほら。ドストエフスキーという人は賭博中毒だったたし、癲癇発作もたびたび起こしたそうだ。ひょっとするとアル中だったかもしれないねえ、だからこそあれだけの傑作をうみだしたのかもしれない。ねえきみ」

わたしはソファの上で眼を覚ました。部屋の中は灯りがまぶしいほど明るかった。起き上がるとちょっと頭がふらふらした。頭痛はなかった。おしゃべりな男に付き合って、かなりウイスキーを飲んだはずだが、悪酔いはしていない。むしろ、いい気分で酔って、目覚めはすっきりという感じだった。飲んだ酒はよっぽどいいウイスキーだったのだろう。テーブルを挟んだ向かいのソファではおしゃべり男が寝ていた。気持ちよさそうに寝ている男を起こすのはよそう。わたしは立ち上がって、広くもない部屋を見回し、男が好きで読んでいるドストエフスキーの本が並んでいる本棚まで歩いていった。立派な箱入りのドストエフスキー全集が一巻から順番に並んでいた。本棚からまだ一冊も出したことがないようにきれいに並んでいた。ドストエフスキー全集のほかにも、同じように豪華箱入りの世界文学全集と日本文学全集が順番通りにきれいに並んでいた。まるで図書館の奥のほうにひっそりと並べられた、ほとんど人が触ったこともないような、たとえば世界古典思想体系や日本古典文学全集のように背表紙が隙間なくぴったりあわされて並んでいた。男はアル中ではあるが、かなり几帳面な性格の持ち主らしい。

わたしはそろそろKを探しに出かけなければならなかった。ソファに寝ている男に暇を告げようと思って、ためしに男の肩を揺すってみたが、当然なことながら男は起きる気配がなかった。わたしは縁側の方に行ってみた。外を見るとまだ暗かった。わたしはいったいどれくらいの時間寝ていたのだろう。まだこの日の夜の続きだろうか、あるいはこの前の連れ込みホテルでのように、寝ているあいだに次の日の夜になってしまったのだろうか。わたしはいま時間の感覚が麻痺し、あいまいで、でたらめなことになっている気がする。目覚めるのも、歩き回るのもいつも夜になってしまっている。

この家にやってきた縁側に続く裏の道ではなく、この家の玄関からわたしは出て行くことにした。縁側から靴を持って、男の寝ているソファの横を通り、玄関に通じていると思われるドアを開けると、そこは廊下になっていた。灯りがついていた。左側にキッチンがあった。そこにも灯りがついている。右側に玄関があり、そこにも灯りがついていた。思うに、この家は昼夜問わず、家の灯りはつけっぱなしではないかと思われた。男が昼夜問わず酒を飲んで酔っ払っているから、昼夜の区別がつかなくなっているにちがいない。

　わたしは玄関で靴をはき、ノブを回した。鍵はかかっていなかった。無用心だが、男の言動からすると、さもありなんと思われた。わたしは家の外に出た。玄関の外灯もついていた。玄関から門まで五メートルほどあった。門までの間は砂利が敷かれていた。門の鉄格子戸を開けて道に出た。道に出た途端に、猛烈な風が右側の坂上から吹き降ろしてきて、わたしは転びそうになった。家の前はかぢふち坂だった。わたしは家のブロック塀によりかかって、風に耐えた。坂上を見上げると、暗い空の上に黒いとがった屋根とその上に立つ十字架が見えた。この家は坂のちょうど中ほどにあった。かぢふち坂をこの前の晩は下った。今夜はあの教会めざして上っていきたいと思った。坂の上にウガンヂュもあるはずだ。しかしこの風は行く手を阻んでいる。

　わたしは家のブロック塀によりかかるようにして、周囲を見回した。道の向かい側に狭いスージがあった。わたしは坂上に身体を倒し加減にして、風に抵抗しながら道を横切ってスージに入った。スージに入ると風の気配はまったくなくなった。車一台が通れるほどの狭いスージは暗かった。右側の家はそそり立つように見え、左側の家は少し低くなっていた。歩いていくと、すぐにスージは民家のブロックの門で行き止まりになっていた。又、あのかぢふち坂に引き返さなければならないのか、と考えると憂鬱になった。ふと見ると、民家の右側のブロック塀に沿って人ひとり通れるほどの狭い道があった。真っ暗なその上り坂になった小路を歩いていった。足下も見えないほどの暗いでこぼこの坂道だった。この道も又どこかの家の庭に入り込んでいたらどうしようか、と考えていると、道の先にかすかな灯りが見えた。暗い小路を抜けると、広いアスファルト道路に出た。道の向かい側には教会があった。

教会の窓に灯りが灯っているのが見えた。暗い夜空を背景にして黒い屋根があり、その上に大きな十字架が聳えていた。わたしは道を横切って教会の入口に行ってみた。教会の入口はかぢふち坂の正面近くにあたっていた。教会の入口に立ってみても、かぢふち坂を吹き降ろしている強風は感じられなかった。教会の前の道にも風は吹いていなかった。あの風はいったいどこで発生しているのだろう。教会の入口の扉は開いていた。入口の上の壁には父と子と精霊教会へようこそ、と書かれていた。入口から中をのぞいてみると、そこは広い、天井の高い礼拝堂だった。固定された長椅子が二列に並んでいた。正面に説教壇があり、その上の壁に十字架に掛けられたイエスキリスト像が掲げてあった。説教壇の前にひとりの女がひざまずいているのが見えた。女は手を合わせて祈っているようだった。何の物音もなく静かだった。わたしは中に入るのをためらって、しばらく立っていた。

女は坐ったまま動く気配がなかった。広くて天井の高い礼拝堂は静まり返っていた。外からも何の音も聞こえてこなかった。しかし、音はしなくても、空気の動きが礼拝堂の高い天井に反響してわたしの耳を圧しているような感じがした。耳から入った無音の圧力が身体の中に浸入して、わたしを息苦しくさせた。わたしは無音の圧力によって教会の入口から一歩うしろに下がった。

「ちょっと、お待ちなさい」女がわたしに言った。女はわたしの目の前に立っていた。いつのまにここまで歩いてきたのだろう。わたしが入口から一歩下がる一瞬のあいだに女はここまで移動したのだろうか。それともわたしは礼拝堂の中で反響する無音の圧力を感じて、それに気をとられてしばらく呆然としていたのだろうか、どっちにしろ、わたしは女が坐った状態から立ち上がって、わたしの目の前まで歩いて来るのを見た憶えがなかった。

　女を見た瞬間、連れ込みホテルにきたケメ子かと思った。よく見ると、白いワンピースを着て若作りをしているようだが、ケメ子よりかなり年長のようである。わたしはしばらく女の顔を見つめていた。女も無表情な顔でわたしを見つめていた。

「あの、何でしょうか」

「それはわたしのいうセリフじゃないかしら。こんな夜中に教会をのぞいているから」

「えーと、人を探しているんです」

「どういう人」

「Kというんですが」

「Kならさっきまでここにいたわよ」

「そうですか。どこにいきましたか」

「ウガンヂュを探していたらしいわ。あんた名前は何ていうの」

「ぼくはFといいます」

「あんた、ここの教会のこと何か訊いたことがある」

「この坂道を吹き降ろしている強い風はこの教会から出ているらしいとか」

「ふん、それだけ」

「この教会は昔の按司墓の上に建てられているとか」

「それは事実のようね」

「そうですか」

「ちょっと、入って。こっち来て」女は白いワンピースの裾をひらひらさせながら、礼拝堂の中を歩いていった。わたしはこわごわ女のあとに従った。女は両側の長ベンチの間の通路を説教壇に向かって歩いていた。ちょうど礼拝堂の真ん中あたりで女は立ち止まった。

「ここよ」女はコンクリートの床を指差した。そこは何の変哲もないコンクリートの床だった。女は自分で指さした場所に立った。女の白いワンピースが下から風に煽られたように、丸くめくれ上がった。女のなまめかしい太腿が見えるほどめくれあがった。

「どう」女はアメリカの古い映画でマリリン・モンローがニューヨークの地下鉄の鉄格子の通風口の上に立って、スカートが下からの風でめくられ、両手でスカートの前を押さえつけている、あの有名な写真のポーズと同じようにスカートの前を両手で押さえた。女が少しだけ位置を変えただけで、ワンピースの裾は元に戻った。わたしは女が立っていた場所に立ってみた。しかし風が吹き上げてくることはなかった。

「そうよね。風は吹き上げてないわよね。でもスカートは時々めくれるの」

「どうしてでしょう」

「それはわからないわ。でもちょうどここの下に按司墓があったんじゃないかと思われている」女はもう一度さっきの場所に立ったが、今度はスカートはめくれなかった。女のなまめかしい太腿も見られなかった。

「あんたがそばにいるのがわかって、按司様はわたしとの密かな遊びを控えたのよ。あたしはもともとはグシクのウガンヂュを拝んでいたのよ。村のみんなと一緒にね。旦那のアル中がひどくなって、旦那のそばから離れるようになって、土俗信仰からキリスト教に宗派を変えたのよ」するとこの女がさっきまでわたしが一緒にいたアル中男のいうアーメンになった妻なんだ。アル中の男はかなり老けていたが、妻は年のわりにはまだなまめかしさが残っているじゃないか。

「教会に頻繁に通うようになって、この不思議な現象に気付いた。ここに通うわたし以外の信者の誰もこの現象に気付かないのよ。だから夜になるとわたしはいつもひとりで按司様たちとここで遊んでいる。ここにいるのは按司様だけじゃないのよ。按司様のお妃や娘の姉妹の方々もおいでになる。いつも、お妃や娘姉妹の方々が、お遊びといって、おもろをお謡いになるのよ。

ぎぃくくてぃるわに、ぬちとぅむうすいや、あまみきよがたくだるぐしく、みむんくてぃるわに。

えもいわれぬうつくしい声で謡うのよ。グシクの綾庭でおもろを謡いながら優雅に踊っているお妃や娘姉妹の方々がわたしには大型テレビ画面で見るように鮮やかに見えるの。わたしもつい見よう見まねで踊ってしまうの。すると按司様がおっしゃるには、お前はモモトフミアガリの生まれ変わりだ、とおっしゃるのよ」アル中の男の妻もまともじゃないようだ。幻聴と幻覚がある、分裂症じゃないだろうか。

「あのー、Kはどこにいったかわかりますか」わたしは早々に引き上げることにした。

「ああ、Ｋね。そこ出て左にいくとウガンヂュがあるわよ」女はいまにも踊りだしそうなポーズで教会の入口を指差した。わたしは入口に歩いていった。開いたままの入口から出るときに振り向いて礼拝堂の中を見た。女は説教壇の前で、琉球舞踊の足運びと手踊りで奇妙な踊りを舞っていた。ちょうど礼拝堂の中央付近を女が通り過ぎるさいに、再び女のワンピースの裾が風に吹かれたように大きくふくらみ、女のなまめかしい太腿が見えた。のみならず、下着をはいていないらしく、今回は一瞬、丸まったお尻までが見えたのだった。わたしははっと思ったが、すぐに目をそらしてしまった。

教会を出ると正面にかぢふち坂があった。暗い川のようにかなりの角度で下っていた。あの強烈な風は坂の上では吹いていなかった。いったいどうなっているのか、不可解な現象だ。かぢふち坂に足を踏み入れてみようかとも思ったが、足を踏み入れたとたんに背中から強烈な風が吹いてきて、坂の下まで転がり落ちるのではないか、という恐怖に襲われて、坂道に足を踏み入れるのはやめて、坂の上を通り過した。

　暗い道の左側には暗い民家が建ち並び、右側には小高い森が暗いシルエットになっていた。右側の黒い森には、いかにもウガンヂュの御嶽という雰囲気があった。やっと念願のウガンヂュにたどり着いた感があった。しばらくいくと右側の森に続く上り勾配の狭い道があった。道の両側には低い灌木が茂っている。暗い道を上っていくと、大きな鳥居が建っていた。ウガンヂュの森にまちがいない。ウガンヂュの森の左側に森を圧するような大きな建物が建っていた。建物には灯りがなく、真っ暗だった。ジャズ・バーのマスターが話していた空家になっている建物だろう。鳥居までは街路灯の灯りが届いて少し明るいが、その奥は真っ暗で、ガヂマルなどの大木が茂っていて、星の灯りも届かない状態だった。やっとたどり着いたウガンヂュだが、そこには入っていくのがためらわれるような不気味さがあった。Ｋがこのウガンヂュに来たとしても、おそらくもういないだろうと思う。それでも一応確かめてみたい。

わたしは鳥居を潜って、石を積んだ階段を上っていった。階段の両側には小潅木よりもっと大きな木々が階段の上にかぶさり、真っ暗になっている。階段が尽きて、湿り気のある平らな土になった。暗い中をゆっくり歩いてきたせいで、少しは暗さに慣れてきていた。ちょっとした広場の先、正面に小さな祠が見えていた。広場の周囲のガヂマルと思われる大木が土の広場の上を覆いつくしている。予想したように、そこにKの姿はなかった。突然頭の上で羽ばたきが聞こえた。びっくりして上を見上げた。鳥が羽ばたいて飛んでいった。夜の鳥といえば、鳥ではない蝙蝠にちがいない。闇に眼をこらして見上げると、無数ともいえる蝙蝠がガヂマルにぶらさがり、おそらくガヂマルの実を食べているのだろう、ときどきガヂマルの小さな実が地面に落ちる音がしていた。大きな鳥居のわりには小さい祠の前までいって、立ったまま手を合わせた。無事にここから帰れますように、Kに会えますように、この坂の多い迷路のような区域から出て、無事に家に帰れますように、と口の中でぶつぶつと言って祈った。

Kを探す目的で坂道の多いグシクの周辺を何日か歩き回っている。いかがわしそうなラブホテルでシャワーを使ったが、数日着替えもしていなかった。Kを探すのがいつも夜になってしまうめぐり合わせになっていた。Kを探す目的がそもそも何だったのかがあやふやになっている。ただKを探すことだけが目的化していた。何に驚いたのか、いきなり蝙蝠がいっせいに飛び立つ羽ばたきが聞こえ、キーという鳴き声がうるさく交差した。わたしは総毛立ち、あたりを見回した。蝙蝠を騒がす怪しい影は見えなかった。

わたしはウガンヂュの鳥居を潜って道に戻った。Kを探すのをやめて、一度家に帰ることにした。ウガンヂュの鳥居を出るとすぐ右に下りの坂道が暗い口を開けていた。此の坂道はかぢふち坂ではないはずだ。ひょっとするとあのジャズ・バーのある憂麗坂かもしれないが、そうでないかもしれない。とにかく坂の多いところなのだ。うっかり坂を下ると今度もまた、何処に出るか予想もつかない不安があった。坂を行くのは今度はやめておこうと思った。とりあえず街道に出ればいいわけだ。坂の前を通り過ぎて、鳥居からまっすぐ道を進んだ。するとすぐに右側にまた坂道があった。左は民家が建ち並んでいる。まっすぐに進んでいくと、今度は正面に坂道が下っていた。坂道の手前、右側に細い暗いスージがあった。坂道を避けるためにはその細いスージに入っていくしかなかった。細いスージというのもくせものだ。またあの酔っ払いのアル中の男の家のように、細いスージというものは再び他人の家に通じているのではないかと危惧されるからである。するとまたしてもこの区域内から出られなくなるかもしれない。

わたしはおそるおそる細い暗いスージに入り込んだ。道はおそらく車は入れないほどの細い小路だった。小路はすぐにほぼ直角に右に曲がった。左右には暗い家並みがみっしり建ち並んでいた。街路灯は少なく、曲がり角ごとにあるだけだった。すこし行くと今度は左に直角に曲がった。家二軒ほどですぐ左に直角に曲がった。道が直角に曲がると、見通せるのは正面だけだけれども、道が暗いのと、両側の暗い家に阻まれて、遠くまでは見通せなかった。そしてしばらく行くと又、直角に右に曲がった。同じところを巡回しているのではないかと思うほどだった。そして又左に曲がった。すると、そこに明るい街道があった。アスファルトの広い道路に車が走っていた。歩道に出てみると、人通りはなかったが、人里に戻った気がした。わたしは通りがかったタクシーを止めて、家に帰った。

コヴィッド19禍での窮屈な日常生活を送っているあいだに、結社の活動も疎かになり、Kのことも忘れかけていた。ある日、ふとKのことが気にかかり、Kの住んでいるアパートあけみ荘に出かけてみた。あけみ荘は解体され、跡形もなかった。跡地は整地されて分譲地として売り出されていた。K夫妻の消息は不明だった。

第36回新沖縄文学賞佳作

カナ

ヨシハラ小町

目覚めたとき、薄暗い部屋の天井板が最初に眼に入った。視覚が回復したからといって、かならずしも意識が回復したとはかぎらない。事実、意識はさだまらなくて、ここはどこだろうか、と考えることさえまだできなかった。それだけではなく、自分が誰かということも自覚することができなかった。身体的な感覚もおぼつかなかった。しばらくすると、背中の感触からして、寝ている床が板の間であることがわかった。思考回路が次第につながってくると、ここは自分の家ではないか、と考えていた。しかし、さらに意識と思考がさだまってくると、戦さに追われて家を出たきり自分の家に帰った憶えはなかったことに思い至った。家を出ていたるところをさまよっているあいだ、もう何日も板の床に横になったことがなかった。いつの夜も岩陰の草の上であったり、洞窟の土の上や海岸の砂浜で寝ることが常態になっていた。しかも昼、夜問わず、艦砲射撃、飛行機の爆撃でいつもゆり起こされてばかりで、ゆっくり眠ったこともなかった。いまは久しぶりにに熟睡した気分ではあった。しかし、いつどこで眠ったのかという記憶がとぎれていることを考えると、眠っていたというよりも意識を失っていたといったほうが正しいようだった。それだからこそ、目覚めたときのいまの状況を理解しようとしていくら考えてみてもしょせん理解するのは不可能だった。

少女は半身を起こした。どこといって具体的に指摘はできないが、身体中が痛い気がした。それでも起きあがることはできるのを考慮すると、ひどいけがをしているわけではないらしい。少女は坐ったまま、薄暗い部屋の中から明るい庭のほうに顔を向けた。太陽の光がまぶしいほど明るい庭では男女の子どもたちや少し年かさの女たちが動きまわっているのが見えていた。庭に面した濡れ縁には、庭にいる子どもたちよりもさらに幼い男女の子どもたちが数人、少女に背を向けて坐っていた。子どもたちも女たちも、丈の短い芭蕉布の着物か、モンペをつけていた。子どもたち、女たちの間にひときわ背の高い、軍服、軍帽のアメリカ兵が現れて、子どもたちや女たちと話しているらしい様子が少女の眼に映っていた。子どもたちと女たちは手振りをまじえてアメリカ兵と対峙しながら、ときおり、笑いあっているらしく、子どもたちも女たちも、背の高いアメリカ兵さえも口を大きく開けて、笑顔を見せている。少女の眼に、それらの光景は鮮やかに見えているものの、少女の耳には誰の話し声どころか、他のどんな物音も聞こえてきていなかった。庭の光景はまるで無声映画を見ているような感じだった。

突然、少女の肩がうしろから叩かれた。少女がびくっとして振り向くと、家の中の暗闇を背景に、さらに黒い影となって坐っている人の姿があった。明るい庭を見ていて、その明るさに慣れた少女の収縮した瞳孔は、暗闇にすぐには反応することができず、暗いせいもあって、人物の顔がはっきりしなかった。しばらくして、やっと少女の眼に老女の顔が浮かんできた。老女は何かいっているらしく、歯の抜けた口を盛んに動かしているが、少女の耳に老女の声は聞こえていなかった。

老女は少女と並んで座敷に寝ていたのだった。少女が起きたけはいを感じて、老女も半身を起こし、少女の肩に手をおいて話しかけたのだった。いくら話しかけても少女がなんの反応も示さず、少女の眼も虚ろだったので、老女は両手でメガフォンの形を作って、庭に向かって呼びかけた。老女の発したその声も、少女にはまったく聞こえなかった。庭にいた全員の動きが一瞬とまり、そして全員が濡れ縁に集まってきて暗い座敷の中を見つめた。そこにいる全員の眼が座敷の中の少女と老女に向けられていた。

庭にいる人垣の中からひとりの年かさの女が急いで濡れ縁から座敷にあがってきた。小さい少年少女に比べると年かさではあるが、それでもまだ若い女だった。女は少女の前に坐り、話しかけた。少女には女の声は聞こえず、ただ、女の口が開いたり、閉じたりするのをぼう然と見ているだけだった。女は少女に反応がないことがわかると、少女の両肩を両手でつかみ、少し力を込めて揺さぶりながら、話しかけた。

「だいじょうぶねえ?」

突然、少女の耳が開いた。少女のぼう然とした、無表情の顔がふいにゆがむと、眼から涙があふれ、口を大きく開けて、大声で泣きはじめた。少女の悲しげな泣き声が座敷の中はもちろん、静まりかえった庭まで響き渡った。女は黙ったまま、少女の背中に腕をまわして抱きしめた。少女は女の胸に顔をうずめて泣き続けた。女は黙って少女の背中をなでたりさすったり、軽く叩いたりしていた。庭の子どもたち、年かさの女たち、背の高いアメリカ兵、濡れ縁に坐っている幼い子どもたち全員が身動きもせず、泣き続ける少女と、少女を抱いている女を見守っていた。

少女の泣き声が次第に小さくなり、やがてすすり泣きに変わり、しばらくすると、泣き声はやんだ。少女を胸に抱いていた女は少女の肩に手をおいて、少女の顔を自分の胸から離し、少女の涙に濡れた顔に笑いかけた。

「お腹、すいてない?」女の問いに、少女は頷いた。

「誰か、レイション、もっておいで」女は庭に向かっていった。

十歳ぐらいの女の子が庭から座敷にあがってきて、女にカーキー色の、長四角形の缶詰を手渡した。女は缶から透明の袋にはいったビスケットを取り出し、袋を破って、ビスケットを取り出した。別の小さいビニール袋にはいったイチゴジャムをビスケットの表面にしぼり出して、少女にビスケットを渡した。

「食べてごらん。アメリカのビスケットだよ」女がアメリカという言葉を出すと、
少女の身体が震え、手の動きがとまった。

「だいじょうぶ、もう、戦争はおわったの」

少女はビスケットを一口かじった。塩気のきいたビスケットと、いままで味わったことのないイチゴジャムの甘さと香りが少女の口の中いっぱいに広がった。少女は夢中で食べた。少女の隣に坐っている老女、少女の前に坐っている若い女、濡れ縁に坐っている幼い者たち、庭にいる女たちとアメリカ兵とが黙ったまま、少女の動きを見守っていた。少女はビスケットを食べながら、自分がどうしてここにいるのか、考えようとしたが、頭の中のその部分の記憶は真っ白だった。しかし、ビスケットの塩味が、イモにつけて食べる塩味を思い出させ、突然、少女の頭に母親の顔が浮かんだ。

「おかー」少女が泣き声以外にここで発したはじめての言葉だった。少女はビス

ケットの粉にむせた。そして、また、涙が眼にあふれた。

「水を持っておいで」女が再び庭に向かっていった。先ほどの女の子が水のはいった陶器の茶碗を持ってきた。

「お飲み」少女は女が差し出した茶碗の水を飲んだ。少女は頭に浮かんだ母親の顔を無意識のうちに頭の奥に押しやった。

「あんた、いくつかねえ？」そばに坐っている老女が訊いた。少女は茶碗を床に置いて、右手の五本の指を広げて見せた。

「そうねえ、五歳ね。名前はなんていうの？」

「カナ」

「カナちゃん、いっぱい食べてよ」老女はため息をついた。

「マカトおばーは休んでいて。おばーの身体もまだなおっていないのよ」

「いつも、ありがとうね、ナオちゃん。でもね、わたしだけ、生き残ってしまった。役立たずの年寄りがひとりだけ生き残ってもしょうがないさねえ」

「おばー、そんなこと言わないで、せっかく助かった命だから、みんなのぶんまで生きないといけないよ」ナオと呼ばれた女がいった。

マカトは再び深いため息をつくと、背中を丸めた格好で、横向きに寝てしまった。

「あんたも、これだけ食べたら、もう少し休みなさい。一度にたくさん食べるのも身体に悪いから」ナオがいった。少女カナはいわれるままに、床に仰向けになった。

少女が再び寝てしまったので、少女の一挙一動を黙って見守っていた庭の子どもたち、年かさの女たちは身動きして、話し声も復活した。濡れ縁に坐っていた幼い子どもたちも庭のほうに向きなおった。少女の耳には庭から聞こえてくるそれらの話し声や物音が遠くの海から響いてくる懐かしい潮騒のように聞こえていた。カナは再び眠り込んだ。

「カナ、起きて」声をかけられて、カナは目覚めた。半身を起こした。身体の痛

みはうすらいでいた。しかし、どこにいるのか、声をかけているのが誰なのか、と
っさには思い出すことができなかった。あれから一晩眠り続けていたのだった。
「カナ?」再び声をかけられて、ようやくナオを思い出した。
「ごはんにしよう。マカトおばーも起きて」ナオが声をかけると、マカトおばー
も半身を起こした。ナオは白い液体の入った陶器のお碗と皿に盛ったビスケットを
カナとマカトの前に置いた。白い液体の入った碗からは湯気がたっていた。
「アメリカ軍から配給された脱脂粉乳よ。飲んでごらん」ナオにいわれて、カナ
は飲んでみた。少し熱かった。はじめて経験する味で、カナは決しておいしいとは
思わなかった。
「あまりおいしくないけど、栄養はあるって、ウォーナーさんがいっていたよ」
ナオはカナの表情をよんで、そういった。
「わたしはビスケットだけでいいよ。カナ、これも飲んで」
「だめよ、マカトおばー、栄養つけないと」

「ミルクはどうしても慣れないんだよ。すぐお腹が痛くなるし」

「困ったね。いまは食糧の配給はこれしかないの」

「いいんだよ、ビスケットだけでも多いぐらいだよ」

おいしくはないミルクだったが、カナはマカトのぶんのミルクも飲み干し、ビスケットを食べた。ビスケットの味はもう憶えていた。

「カナも縁側においで」

ナオは片手にからになった皿とお碗を持って、片手でカナの手を引いた。カナは立ちあがったが、まだ身体が少し痛く、ふらついた。カナの手を握ったナオの手がカナをささえた。カナはすぐ、普通に歩けた。濡れ縁にはカナと同じ年頃の子どもたちが数人いて、ミルクを飲んで、ビスケットを食べていた。カナは子どもたちから少し離れて濡れ縁に坐り、足を垂らし、ぶらぶらと振った。庭の隅に植えられたデイゴの枝先には真っ赤な花がいくつも咲いていた。空を見あげると、初夏のさわやかな青空が広がっていた。カナは太陽の光のまぶしさに眼を細め、小さなくしゃみをした。

　ミルクを飲みおわった子どもたちは自分で使ったそれぞれの碗や皿を庭の隅にある井戸に持っていって、手押しポンプで水をくんで自分らで食器を洗っている。食器を洗いおわった子どもたちは食器を竹で編んだバーキにいれて、食器を乾かすためバーキは濡れ縁の端に置かれた。食器を洗いおわった子どもたちは庭をかけまわって遊びはじめた。庭はそれほど広くはないが、小さい子どもたちが走りまわるほどの広さは充分あった。庭の片方の隅に井戸があり、もう一方の隅には小さな物置小屋があった。

　家はかなり古い。頑丈な木造家屋だった。空襲を受けなかったようで、瓦ひとつ壊れていなかった。庭に面してふたつ続きの表座敷があり、土間の台所に近い二番座にはトートーメーがあった。一番座と二番座のふたつの表座敷といくつかの裏座敷のスペースだけでここに収容されている人数全員が寝るだけの広さは充分あった。寝具として、カーキー色の毛布と白いシーツが各ひとつずつ米軍から支給されていた。

カナは遊びまわる子どもたちを見ていたが、子どもたちの中に入っていっしょに遊ぶことはまだできなかった。自分の名前と年齢だけはかろうじて憶えていたが、家族とわかれて自分ひとりだけがどうしてここにきているのか、家族はどこにいるのか、家族はどうなったのか、そしてここはどこなのか、ということがまだまったくわからなかった。

「お腹が痛い」濡れ縁に坐っていたカナが井戸端で洗い物をしているナオにいった。

「はじめてミルクを飲んだときには、みんなお腹が痛くなるのよ。こっちにおいで」

ナオはカナの手を引いて、庭で走りまわっている子どもたちのあいだを通り抜けて家の裏にまわった。家の裏には豚小屋があり、豚小屋に隣接して便所があった。豚小屋に豚はいなかった。便所には紙の替わりにしおれたユウナの大きな葉がおいてあった。

「二、三日はミルクを飲んだあと、必ずお腹が痛くなるけど、我慢してね。すぐミルクに慣れて、お腹の痛みはなくなるし、下痢もしなくなるから。ここには栄養のある食べ物はミルクしかないのよ」便所から出てきたカナにナオがいった。

「カナ、下穿きはいていないでしょう。ちょっと待っていて」ナオは濡れ縁から家に入り、白い布を持って出てきた。

「穿いてごらん。アメリカ軍から支給されたシーツで作ったパンツよ」

カナは着物の裾をまくってパンツを穿いた。ゴワゴワした感触だった。数え歳五歳のカナはまだ下穿きをつける習慣はなく、はじめてパンツを穿いたのだった。

「すぐ慣れるよ」カナが変な顔をして、お尻を動かしているのを見て、ナオがいった。

庭の前の道にジープが停まった。庭で遊んでいた子どもたちが声をあげながらジープのまわりに集まった。カナが目覚めたとき庭にいた背の高いアメリカ兵が助手席から降り、ジープの後部荷台からカーキー色の大きな袋を降ろした。アメリカ兵はウォーナー中尉という名前だった。ウォーナー中尉は袋をかついで家の庭の周囲にめぐらされている石灰岩の石垣の破れ目から庭に入ってきた。子どもたちはギブミーといいながら、ウォーナー中尉にまとわりついて、手のひらを広げて、腕を差し出していた。カナはアメリカ兵を近くで見るのははじめてで恐くて近づくことができなかった。ウォーナー中尉が持ってきた袋の中にはアメリカ軍からの配給の食糧品がはいっていた。ウォーナー中尉にかわって、運転席の若いアメリカ兵が集まってきた子どもたちに茶色い紙と銀紙に包まれた四角く薄いチョコレートを配っていた。

「カナももらってきなさい」ナオがいったが、カナはジープとアメリカ兵に恐れをなして、濡れ縁から庭に降りることができなかった。子どもたちは慣れた様子でサンキューといいながら腕を伸ばして、四角く薄いチョコレートを受け取っていた。ナオはジープの運転手のアメリカ兵に近づきチョコレートをひとつもらい、濡れ縁に坐っているカナにあげた。

「食べてごらん、甘いよ」

カナは茶色い紙と銀紙の包みをはずして、黒くて、薄くて、細長いチョレートを口の中にいれて、少し硬い塊を噛んだ。口の中にこれまで嗅いだことのない香りと甘い味が広がった。サトウキビや黒糖とは比べものにならない甘さと香りだった。カナにとっては初めて食べるチョコレートだった。カナはおいしいと思った。

「ナオ、ミルクアンドレイション」ウォーナー中尉は袋を濡れ縁に置いた。

「サンキュー」ナオは笑顔で応え、食糧袋を庭の隅の小屋に運んだ。

ウォーナー中尉は三十歳前後の海軍中尉で、カマラキャンプ内に点在する無人の民家を徴用した避難民収容所や近隣の空地や畑地に設営されたテントに収容した避難民に食糧を配給する係だった。ジープの運転手がチョコレートを配りおわると、収容所のほかの家やテントに食糧を配給するため、ウォーナー中尉はジープに乗って走り去った。

カナがいる家は普通の民家だったが、家にもともと住んでいた住民がどこかに避難したか、あるいは戦火の中で死んでしまったのかはさだかではないが、空家だったので、米軍が接収して避難民収容所にしていた。この家には若い女たちと子どもたちだけが収容されていた。男たちやもっと年かさの大人の女たちはそれぞれ別の場所に収容されていた。座敷で寝ているマカトは本来大人たちが収容されている場所に収容されるはずだった。しかし、何かの手違いでこの家に収容されて、身体が不自由なのでそのまま居残ってしまったようだった。

この家に収容されている子どもたちのなかには別の場所に両親がいる子や父親か母親のどちらかがいる子もいた。また両親のどちらもいない孤児もいた。両親はいなくても親戚の大人が別の場所に収容されている子どももいた。カナの両親がここの別の場所に収容されているのかどうかはカナにはわからなかったし、ほかの誰にもわからなかった。カナには両親や家族がどうなってしまったのか、その記憶が脱落していた。

二、三日経つとカナはミルクを飲んでも腹が痛くなることもなくなり、下痢もしなくなった。収容所生活にも慣れてきた。ほかの子どもたちとも遊ぶようになった。しかし、カナはおとなしく、あまり活発ではなく、ほかの子どもたちとほとんど話をしなかった。食糧が充分でなく、肉親と離れ離れになっていても、戦さに追われることがなく自由に遊べることがうれしい子どもたちはいま無邪気に笑い、遊んでいた。しかし、カナは笑顔を見せることはほとんどなかった。

カナがどんな経緯でこの収容所にくることになったのか、ナオもマカトもカナに話さなかったし、ナオもマカトもカナの家族がどうなったのか知らないようだった。カナは自分が家族、肉親とどこで、どのようにはぐれてしまったのかもわからなかった。一緒にいたはずの家族、肉親の消息についてカナ自身の記憶はまだもどっていなかった。カナは家族、肉親のことを考えるのが恐いので、無意識のうちに家族、肉親のことを考えないようにしているのかもしれなかった。

カナが収容所にきて三日経つあいだにも何人かの子どもたちが別の場所に収容さ

れた肉親や親戚に引き取られていった。ニッポンの軍人や軍属でないかぎり、家やもどるべき場所がある避難民は収容所から自由に出ていってもいいことになったようだった。この家でも子どもの数は減っていた。十日ほど経つと、ナオ以外の年かさの女たちもいなくなり、ナオがひとりで子どもたちとマカトの面倒をみることになってしまった。

ウォーナー中尉は二、三日に一度ほどの割合で食糧配給に現れたが、ミルクとビスケットという単調な食事とアメリカ兵がときどきくれるチョコレートだけでは子どもたちの食欲を満足させることはとてもできなかった。農家で飼っていた家畜は戦争中にすべて食べつくされてしまったようで、すくなくともカマラ収容所の近くの農家にはウシ、ブタ、ヤギ、ニワトリなどは見かけることはなかった。畑のイモや野菜はすべてとりつくされていた。戦争がおわったので、畑にはイモや野菜がようやく植えられたばかりだった。

収容所の子どもたちはアメリカ軍配給の食糧を補う目的で、昼間は収容所の家を出て、近くを流れるハンジャ川に遊びを兼ねて、タナガー（テナガエビ）やイーブー（ハゼ科の魚）やターイユ（フナ）をとりに出かけた。しかし、ハンジャ川にきても子どもたちは獲物をとるすべをまったく知らず、獲物をとることよりも川の浅瀬で水遊びに夢中になることが多く、子どもたちは獲物を持ち帰ることはほとんどできなかった。それでも子どもたちは川で遊んだことで充分満足して帰ってきて、井戸端で濡れた服を脱いで裸になって、頭から水をかけあって賑やかに笑いあっていた。食事はナオが準備したいつものミルクとビスケットだけだったが、だれも文句をいわずに食べていた。ほかの子どもたちがハンジャ川に出かけていくときも、カナはまだいっしょにいくことはなく、家にとどまっていた。

一台のジープが石垣の前に停まったとき、収容所の家には、座敷で寝ているマカトと濡れ縁に坐っているカナそれに井戸端で洗い物をしているナオの三人しかいなかった。ナオ以外の年長の女たちの多くはすでに肉親や親戚に引き取られていった。何人かは収容所の別の場所に移っていた。ほかの年少の子どもたちはいつものようにハンジャ川に遊びを兼ねたタナガーとりにいっていた。

ジープには三人の若いアメリカ兵が乗っていた。ウォーナー中尉は乗っていなかった。濡れ縁に坐っているカナは頻繁にこの家に配給の食糧を持ってくるウォーナー中尉の顔だけは憶えていたが、ほかの若いアメリカ兵の顔の区別ははっきりとはできなかった、ジープに乗っている三人のアメリカ兵はこれまで見かけたことのない顔だという気がした。ジープを降りた三人のアメリカ兵は庭を囲む石灰岩の破れ目を越えて庭に入ってきて、まっすぐ井戸端のナオに近づいた。ナオは立ちあがった。アメリカ兵は無言でナオのまわりを取り囲んだ。大きなアメリカ兵三人がナオを取り囲んで立つと、ナオの身体はまったく見えなくなった。

「いや」ナオが叫んだ。

突然、アメリカ兵ふたりが暴れるナオの胴体と足を抱えて、あとのひとりはそのあとに続き、濡れ縁に坐るカナの前を通り、井戸とは反対側の庭の隅に建つ物置小屋に運び込んでいった。カナの前を通るときナオは小さな声で叫んで、足を動かしていたが、ナオはカナとは反対側に顔を向けていたので、ナオとカナは眼をあわせることはなかった。三人のアメリカ兵の誰もカナの方を見なかった。カナは声も出せず息をひそめて濡れ縁でかたまっていた。

「いや」ナオが小屋の中で再び叫んだ。

「シャラップ」アメリカ兵の大声が聞こえたあとはナオの声は聞こえなくなり、庭は急に静かになった。

カナは恐ろしさのあまり、濡れ縁に坐ったたまま、かたまって、動くことも声を出すこともできなかった。マカトは眠っているのか、家の中からは何の物音もしなかった。カナは恐怖のあまり、家の中のマカトにいま見たことを知らせにいくことも思いつかなかった。物置小屋の中も静かだった。物置小屋の入口は濡れ縁からは見えない側にあったので、小屋の中で起こっていることを見ることはできなかった。

しばらくしてカナはやっと金縛りが解けた。庭も家の中も静かだった。恐怖はあったけれど、物置小屋で何が起きているのか見なければならないと、カナは思った。カナは音をたてないようにゆっくり濡れ縁を降りた。カナはゆっくり歩いていって小屋をまわり込んで、開いたままの小屋の入口から中を覗いた。モンペを脱がされたナオの両足が小屋の入口に向けて開かれていて、大きく開いたナオの股のあいだに下半身裸のアメリカ兵のひとりが覆いかぶさっていた。ナオの大きくひろげられた両足のあいだでアメリカ兵の剥き出しの尻が上下に激しく動いていた。ふたりのアメリカ兵は左右に立ってふたりを見おろしていた。覆いかぶさったアメリカ兵の頭のわきからナオの顔が見えていた。ナオは眼をかたく閉じて、苦痛に顔をしかめて、ときどき、顔を左右に振ってうめき声をあげていた。一瞬、ナオが眼を見開いて、小屋を覗いているカナと眼があった。

「カナ、あっちいって、見ちゃだめ」ナオがかすれた声で叫んだ。

立っていたふたりのアメリカ兵が入口を覗いているカナを見た。アメリカ兵のひとりが小屋の入口にきた。カナはあとずさった。アメリカ兵は入口に仁王立ちになって、カナを睨みつけた。カナは走って濡れ縁にもどり、そのまま家の中に入っていった。カナは寝ているマカトのそばに坐り込んだ。カナは息をひそめて物置小屋を見ていた。カナには小屋の中は見えなかった。物音も聞こえなかった。

長い時間がすぎたようにカナには感じられた。三人のアメリカ兵が小屋から出てきて、石垣の破れ目を乗り越えてそのままジープに乗り、ジープはエンジンの音を響かせ、砂埃をあとに残して走り去った。アメリカ兵は去ったが、カナは物置小屋にいくのが恐かった。きっと、ナオは殺されてしまったのだと思っていた。戦さに追われて家族といっしょに方々をさまよっているあいだにカナは多くの死体を見ていたが、見なれたそんな死体には恐怖などは感じなかったが、ナオの死体を見るのは怖かった。戦争は終わったとナオは言っていたし、たしかにウォーナー中尉をはじめ、収容所にいるアメリカ兵は親切そうに見えたが、いまの三人のアメリカ兵の行為をみるかぎり、戦争はまだおわってはいなかったのだとカナは思っていた。

さらに時間が経った。ナオが物置小屋から出てくるのが見えた。ナオはモンペをはいていたが、上着は乱れ、足元はおぼつかなくていまにも倒れそうだった。カナはほっとしたが、ショックのためにまだ動くことはできなかった。ナオはふらつきながらゆっくり歩いて濡れ縁まできた。ナオが家の中に入ってきたとき、カナはマカトのそばにまだ坐ったままだった。ナオのモンペと上着は汚れ、乱れていた。ナオはカナのそばに黙ったまま坐り込むと、顔を手でおおい、すすり泣いた。ナオの泣き声でマカトがやっと眼を覚ました。マカトは半身を起こしてナオを見た。

「どうしたんだい?」マカトは眼をこすってナオを見た。ナオは何もいわず泣き続けた。

「あい、たいへん、ほんとうにどうしたんだい?」マカトはナオを抱き寄せて、汚れ乱れた服装をあらため、ナオの身体を服の上からさすった。

「アメリカーがきた。三人」カナが言った。

「あいなー、ナオ、見せてごらん」マカトはナオのモンペの股を触った。

「たいへん。カナ、井戸からバケツに水を汲んで、台所に持っておいで」マカトが言った。マカトの言葉でカナは金縛りが解け、走って座敷を出て、濡れ縁を降りて庭の井戸にいった。ポンプを押して井戸にあった木の桶に水を汲んだ。

マカトはナオを立たせ、自らは坐ったまま這いながら、台所の土間に移動した。

ナオのモンペは血でぐっしょり濡れていた。

「むごいことだねえ。あんたも戦争で親兄弟をなくしているのに、同じような境遇の子どもたちの世話を見ないといけない。家族をなくしてひとりだけ生き残った、役立たずのこのおばーの面倒も見ないといけない。あんたはまだ十五だというのに、むごいねえ」マカトはカナのモンペを脱がしながら、独り言のようにいった。

カナが木の桶に水を半分ほど満たして引きずるようにして台所の土間に入ってきた。

「カナ、きれいなタオルを持っておいで」マカトに言われて、カナは座敷にあがって、きれいに洗われた白いタオルをもってきた。

マカトはナオのモンペを脱がせ、カナの持ってきたタオルを水に浸し、ナオの身体を拭いてやった。桶の水はたちまち赤くなった。カナは桶の水をかえるため、なんども井戸と台所を往復した。カナはナオやマカトの役に立つのがうれしかった。

「ナオ、あんた、まだ月のものはなかったでしょう?」ナオが頷いた。

破瓜にしては出血が多かった。アメリカ兵に乱暴されたショックで初潮が始ったのだった。

「戦争のために十五になってもまだ生理がなかったんだね。カナ、ナオのパンツと着物持ってきて」マカトが裸のナオの身体を拭いているのを見ていたカナはまた座敷の奥にいって、ナオの着物を持ってきた。カナが持ってきた着物をつけたナオは座敷に敷いた毛布のうえに横になって、押し殺した声で泣いていた。

「ナオ、うんと泣いたらいいさあ。しばらくは休んでいたらいい」マカトがナオのそばに坐り、ナオの身体をさすりながら言った。

「ナオねーねーはどうして寝てるの?」

ハンジャ川から帰ってきた子どもたちが座敷にあがり込んで、寝ているナオのまわりで口々にいって、ナオを覗き込んだ。

「ナオねーねーはきょうは気分が悪くて寝ているから、食事のしたくは自分たちでしなさい」

マカトがいうと、子どもたちは、ハーイ、と返事して、庭に出ていった。子どもたちはいつものように井戸端で裸になってはしゃぎ騒ぎ、笑いながら水浴びをはじめた。水浴びをすませた子どもたちは座敷で新しい着物を着て、濡れ縁でミルクとビスケットの食事の準備を自分たちで始めた。

「カナ、ナオに食事を持ってきて」子どもたちが食事をはじめると、マカトがカナにいった。子どもたちの食事にはくわわらず、ナオとマカトのそばに坐っていたカナはマカトにいわれて庭に出ていった。

「マカトおばー、わたしは何もいらない」

「食べたほうがいいよ」

カナがレイションの缶詰、チョコレートなどを両手いっぱいに抱えて持ってきた。

「どうしたのそれ?」カナが差し出した手を見て、ナオが険しい声でいった。

「小屋にあった」

「汚らわしいもの、捨てて」ナオはカナの手を払い、缶詰とチョコレートが床に散らばった。ナオは反対側を向き、すすり泣いた。カナはぼう然と立っていた。

「アメリカーが置いていったんだね」マカトはいいながら、床に散らばった缶詰とチョコレートを拾い、カナに渡した。

「みんなで分けて食べなさい」マカトは小声でいった。

翌日になると、ナオは起きて、いつものように、子どもたちとマカトの面倒をみるために働いた。無理に元気をよそおっているのはあきらかで、顔にいつもの笑顔はなかった。昨日までは自分の不幸には眼もくれず、子どもたちとマカトの世話をすることで、家族をなくした寂しさや悲しみは心の奥にしまっていることができた。家族の命を奪ったアメリカ兵たちに集団で犯されたことで必死に心の奥に押し込んでいた寂しさや悲しみが心の表面に吹き出てきてしまった。しかし、自分の悲しみをなるべく表に出さないようにし、責任感と義務感だけでナオはけなげに働いていた。

戦争が本格的に終結し、駐留アメリカ軍が治安の回復のための布告をいくつも発令し、収容所の運営も一部を民間の有志にまかせたので、徐々に人心は落ち着いてきていた。それによって、各地の収容所に収容されていた人々が戦争で散り散りになった家族や親戚を探すために、このカマラ収容所にも頻繁に訪れるようになって、カナがいるこの収容所の家の子どもたちは徐々に引き取られて、さらに数が減っていった。

収容所の人数が減っても、食糧係のウォーナー中尉は収容所の家を頻繁に訪れた。ナオはウォーナー中尉には笑顔を見せていたが、ウォーナー中尉つきの若いジープの運転手には近づこうとはしなかった。ジープの運転手はナオを犯したアメリカ兵の仲間ではなかったが、ナオは若いアメリカ兵に対する警戒心が強くなっていた。
　収容所の子どもたちが少なくなったおかげで、食糧の量がひとりあたりにすると
いくらか増えることにはなったが、質がよくなることはなかった。相変わらず、ミ
ルクとビスケットが主食だった。子どもたちは食料の確保と遊びを兼ねて、毎日の
ようにハンジャ川に出かけていた。収容所の家には座敷で寝ているマカトと濡れ縁
に坐っているカナと井戸端で洗い物をしているナオがいるだけだった。一台のジー
プが庭の前に停まった。ナオが立ちあがった。ジープには運転手がひとりだけ乗っ
ていた。アメリカ兵はジープを降りて、石垣の破れ目を乗り越えて井戸端のナオに
近づいた。ナオは逃げようとはせず、逆に、近づいてくるアメリカ兵を厳しい顔で
睨み返した。
「アイムソーリー」
　アメリカ兵はナオの前に立っていうと、両手に持った缶詰やチョコレートを差し
出した。ナオは無言でアメリカ兵の手を払った。缶詰やチョコレートが地面にころ

がった。アメリカ兵はナオを襲った三人のうちのひとりだった。あの日、物置小屋の入口に立って、カナを睨みつけて追い払ったアメリカ兵だった。三番目にナオを犯すつもりだったが、ナオの出血の多さに驚き、ナオの身体に服をかぶせて、結局、ナオに何もせずに帰っていったアメリカ兵だった。アメリカ兵は地面に散らばった缶詰やチョコレートを拾って、濡れ縁に坐っているカナに差し出した。カナは金縛りになっていて、身動きできなかった。黙ってアメリカ兵の顔を見つめているだけだった。アメリカ兵は笑顔で肩をすくめると、カナのそばに缶詰やチョコレートを置いた。

「バーイ」アメリカ兵は笑顔でカナに手を振り、立ったまま厳しい顔で睨みつけ続けるナオにも笑顔で手を振って、石垣の破れ目から外に出て、ジープに乗って走り去った。

以来、ジープのアメリカ兵は頻繁にナオを訪ねてくるようになった。くるたびにポークランチョンミートやキャンベルスープの缶詰やチョコレートのような食べ物だけでなく、ナオのために、白粉や口紅などの化粧品や石鹸なども持ってくるようになった。最初、アメリカ兵にかたくなな態度をとり続けたナオだったが、アメリカ兵の邪気のない笑顔と態度に、ナオの心はようやくひらかれ、ナオの態度もやわらいだ。アメリカ兵とナオは次第に打ち解けるようになった。アメリカ兵の名前はジョージといった。ジョージは食糧配給係のウォーナー中尉とは顔をあわさないように、日や時刻をずらせてやってきた。ジョージはナオに贈り物はするが、ナオの身体を求めて、乱暴なまねをするようなことはなかった。

その日もナオ、カナそして座敷で寝ているマカト以外、収容所の子どもたちはハンジャ川に遊びを兼ねたタナガーとりにいっていた。ナオはいつものようにジープでやってきたジョージと片言のブロークンイングリッシュで話していた。どんないきさつかさだかではなかったが、突然、ナオはジョージを庭の物置小屋に自ら誘った。ジョージは拒まなかった。以前、ナオがジョージの仲間だったふたりのアメリカ兵に犯された同じ場所で、ナオはジョージに抱かれた。濡れ縁に坐っていたカナはナオとジョージが物置小屋に入っていくのを黙って見送り、ふたりが紅潮した顔で小屋から出てくるまで同じ場所に坐って待っていた。ふたりはさすがに照れくさいのか、カナのほうは見ようともせず、ジョージはナオにバーイと手を振ってそのまま庭の石垣の破れ目から出ていって、そのままジープで去って行った。いつもは濡れ縁に坐っているカナにもバーイといって手を振って帰るのだが、きょうはそれもしなかった。よっぽど照れくさかったのだろう。

その日以来、ジョージがくるたびにナオはジョージを物置小屋に誘った。カナはジョージが持ってきてくれるチョコレートとともにひとり濡れ縁に残された。そのつど、小屋の入口の戸は閉められた。カナは最初のころはナオとジョージが物置小屋に入り、しばらくして出てくるのを濡れ縁に坐って待っているだけだった。それがいつのころからか、ナオとジョージが物置小屋に入ると、足音をしのばせて物置小屋に近づいていって、カナは小屋の壁板の破れ目から薄暗い小屋の中で裸で抱きあって、ジョージの身体の下で苦痛に似た顔で歓喜の声をあげるナオの顔をいつも見ているようになった。

この家に収容されている子どもたちはさらに減った。この家はやがて閉鎖されて、収容所のほかの場所に併合されて、ナオたちは別の場所に移されるだろう、とウォーナー中尉はナオに告げていた。ナオはジョージとつきあうようになって、ジョージから英語を教えてもらって、ブロークンではあるが、日常会話程度の英語を話せるようになっていた。世話をする子どもたちが減ったので、ナオは時間に余裕ができた。ジョージがくると、いっしょにジープに乗ってグヤの街に遊びに出かけていった。ときには遠くまでドライブもするようになっていた。ジョージと出かけるときナオはモンペのかわりに、ジョージに買ってもらった派手なプリントのスカートをつけて、顔に白粉をはたき、唇には真っ赤なルージュをひいて、髪をポニーテールに結んで出かけるようになった。ナオはジョージにすすめられて煙草も吸うようになっていた。

ナオがジョージと出かけているあいだは、カナがマカトの面倒をみるようになった。マカトは寝たきりではないが、足腰が弱っていて立って歩くことは難しかった。それでも長く坐ることもでき、這って移動することはまだできた。外の便所にいくときにはナオかカナの腕を支えにしてゆっくり歩くこともできた。マカトはよくもならないが、急激に悪くなることもなかった。食事の準備も自分でするので、それほど手はかからなかった。

カナはナオがジョージと頻繁に出かけるようになったので、家にマカトとふたりだけでいるのが退屈になった。マカトは手がかからないので、マカトの許可をもらって、その日初めてほかの子どもたちといっしょにハンジャ川に遊びを兼ねたタナガーとりに出かけることにした。ほかの子どもたちは慣れた様子で、ハンジャ川の岸へ続く砂利道をさっさと歩いていった。カナは最後尾を歩く。ほとんど家から出たことがなかったカナにとっては初めて歩く砂利道だった。はだしの足裏に道に敷かれた砂利が少し痛かった。

砂利道の両側のところどころに民家があった。人のけはいのする家もあったが、あきらかに無人の家も多くあった。やがて、子どもたちは砂利道からそれて姿がかくれるほど丈高くススキが繁った泥の小道に入っていった。ハンジャ川の岸にいたる道だった。初めての道で泥に足をとられぎみの最後尾のカナは子どもたちから遅れはじめた。先行する子どもたちは丈高く密に繁ったススキに隠れて見えなくなってしまった。カナがハンジャ川の岸にたどりついたときには子どもたちはすでに川の中に入っていて、わいわいいいながら川下のほうに歩いていくところだった。初めてハンジャ川にきたカナは勝手がわからず、川の中に入ることができなかった。それでさっさと川の中を歩いていく子どもたちについていくことができなかった。そうかといって大声を出して子どもたちを呼び戻すこともおとなしいカナにはできなかった。カナは草の生えた川岸にひとり取り残されてしまった。ひとり川岸に取り残されたカナを気にかけているような子どもはひとりもいなくて、子どもたちの誰も声をかけてくれず、誰ひとり振り返ろうとさえしなかった。川岸にカナを残したまま、子どもたちは川の下流方向に歩いていってしまった。

川岸に残されたカナは、恐くてひとりでは川に入ることができず、途方にくれて立ちつくしていた。すると、カナの眼の前の水面からいきなり顔が現れた。カナはびっくりして、草の上に尻餅をついた。

「ああ、ごめん、おどかすつもりじゃなかったんだ」アンダーシャツと短パン姿で丸刈り頭の少年が川の中に立っていた。少年は川に潜っていたのだった。

「お前、収容所の子か?」カナは頷いた。

「見たことがない顔だな。初めてきたのか?」カナは頷いた。

「名前は何という?」

「カナ」カナはやっといった。

「ふーん、おれはアサーだ」

「アサーにーにー」

「そうだ。お前、何歳だ?」カナは右手を広げて見せた。

「五歳か、おれは八歳だ。今度、グイク小学校にはいって勉強するんだ。お前、タナガーかターイユとりにきたんだろう。みんなはどうした?」カナはハンジャ川の下流を指差した。

「お前ひとり残していってしまったのか。ひどいやつらだ。よし、おれがタナガーのとり方を教えてやろう。川に入れ」カナは躊躇した。

「大丈夫だ、深くない」アサーはカナの手を握って、カナを川に導いた。川の水は澄んでいて、冷たくて気持ちよかった。しかし、服もパンツも濡れてしまった。

「タナガーは岸の草の下に隠れているんだ。こうやって手で草の下から探る。ほら、二匹とれた」アサーの手の中でタナガーが跳ねていた。アサーは腰にさげた竹籠にタナガーをいれた。

「お前もやってみろ」

アサーにいわれて、カナはこわごわ手を草の間に差し入れた。すると、ぱちぱちと手の中でタナガーが跳ねた。カナは生まれて初めてタナガーをとった。タナガーはこんなに簡単にとれるのに、収容所の子どもたちがいつも収穫なしで帰ってくるのはどうしてだろう、とカナは思った。

「収容所の子どもたちは、水遊びをするだけで、タナガーをとろうとはしない。タナガーのとり方もわからない」カナが何も訊かないのに、アサーが言った。

「タナガーはもういいだろう。ターイユは釣りでしかとれない。イーブーは手づかみでとれるかもしれない」

アサーはカナの手を引いて、川の上流に歩いていった。しばらくいくと、川幅が広くなった場所にでた。川の真ん中には砂の中州がある。中州の周囲の浅瀬には大小の岩が転がっていた。アサーは岩の下を手探りし、何個目かの岩の下から皮の黒いぬるぬるした小さい魚をとった。カナもアサーのまねをして岩の下をさぐってみたが、イーブーはタナガーのようにうまくとれなかった。結局カナはイーブーは一匹もとれなかった。アサーもタナガーほど多くはとれなかった。

「イーブーは簡単にはとれない」アサーは言ったが、それでも五匹のイーブーがとれた。

「さあ、帰って、食べよう。お前もおれの家にくるか？」カナは頷いた。アサーの家は収容所のカナがいる家の近くだった。

「おかー、タナガーとイーブーとってきたぞ。煮て、食べていいか？」アサーは台所の土間に入って、言った。

「ああ、いいよ。あね、この子、誰だい？」台所に顔を出したアサーの母が言った。

「カナだ。収容所にいる」アサーが応えると、アサーの母は頷いて顔を引っ込めた。

アサーはタナガーとイーブーを鉄鍋にいれ、井戸の水で大雑把に洗った。すでに弱って死んでしまったものもまだ元気に跳ねているものもいっしょに水を満たした鉄鍋に入れ、木の蓋をして土の竈にかけた。竈の灰の中から熾き火をかき出し、その上に焚き木をくべて、竹筒で息を吹きかけて火をつけた。水が沸騰すると、アサーは塩をひとつまみ鉄鍋に放り込んだ。しばらくするとタナガーは赤く茹であがり、イーブーは黒いまま煮えた。

「海の貝やウニは生でも食べられるけど、川のタナガーやイーブー、ターイユは煮ないと食べられないよ。ムシがいるから。おいしいか？」

「うん、おいしい」カナはタナガーの殻を剥いて、塩味だけのその身を食べた。

「これ、持っていけ」アサーは茹でたタナガーを数匹、カナに持たせた。

「あしたは家にこい。一緒に川にいこう」カナは頷いた。

カナが収容所の家に帰った時は夕方になっていた。カナを置き去りにした収容所の子どもたちはカナより先に帰っていて、すでに夕食をすませていた。このごろはナオがジョージと出かけることが多くなり、子どもたちは自分たちだけで食事をすることが多くなっていた。カナとナオ以外の子どもたちはマカトの世話をすることはなかった。カナは持ち帰ったタナガーの殻を剥いて、マカトに食べさせた。マカトは一匹食べるのがやっとだった。

「カナがとったのかい？」マカトが訊いた。

「アサーにーにーとふたりでとった」

「そうかい、ひさしぶりに食べたよ、おいしかった」

子どもたちはきょうもタナガーをとってきていなかった。カナが持って帰ったタナガーの残りはカナと子どもたちで分けて食べた。

翌朝、ミルクとビスケットの食事が済むと、カナ以外の子どもたちはいつものようにハンジャ川に出かけていった。ナオは派手なスカートをつけて、顔に化粧をして、髪の毛をポニーテールにして、キャメルを吸いながら、庭の石垣の前でジョージのジープを待っていた。カナはアサーの家にいくため庭の石垣の破れ目を出ようとしていた。カナははだしだった。ナオはジョージからもらった白いソックスを穿いて足には赤いビニールの靴を履いていた。

「カナはみんなといっしょにハンジャ川にいかないの？」カナは首を横に振った。

「じゃ、どこにいくの？」

「アサーにーにーの家」

「アサーって誰？」ナオがキャメルの煙をはき出しながら訊いた。カナはどう応えていいかわからず、とまどった顔をした。

「いいのよ、誰だって、カナの友だちだね」カナは頷いた。

ジョージの運転するジープがナオの前に停まった。

「ハーイ、ナオ。ハーイ、カナチャン」ジョージが陽気な声で言った。

「ハーイ、ジョージ」

ナオは派手なスカートの裾をひるがえして、ジープの助手席にすばやく乗り込んだ。ジョージは軍服の上着の胸ポケットからハーシーのチョコレートとリグレーのグリーンガムを取り出してカナに手渡した。カナは黙って受け取った。カナはアサーにあげようと思った。

「じゃ、カナ、気をつけていくのよ。夜には帰ってくるからね」ジープは土埃をまきあげながら走り去った。カナは走ってアサーの家にいった。

「タナガーはおれが朝はやく川へいって、いっぱいとってきてあるから、あとで持たせるよ。きょうは川の近くの森にいこう」アサーがいった。カナはチョコレートとチューインガムを黙ってアサーに差し出した。

「おお、誰からもらった？」

「ジョージから」

「ジョージって誰か？」

「ナオねーねーの友だち」

「ナオねーねーって、同じ収容所の家にいるのか。アメリカ兵のハーニーだな」

アサーはハーシーのチョコレートを半分に割り、ひとつをカナに渡した。リグレーのグリーンガムのパッケージを切ると、一枚を取りだし緑の紙と銀紙を取り去ってカナに渡した。カナはチューインガムを口にいれた。ガムを噛むとなじみの味が口の中に広がった。アサーも紙と銀紙の包みを破って一枚を口に放り込んだ。残りのガムは半ズボンのポケットにおさめた。

ふたりはチョコレートを食べ、ガムを噛みながらアサーの家を出た。チョコレートの塊がガムにくっつくが、すぐにチョコレートは口の中でとけ、ガムだけが残る。歩きながらアサーはガムを風船のように口からふくらませて割れるまで大きくする。ガムの風船が割れてアサーの口のまわりにくっついた。くっついたガムをアサーは舌で絡めとってまた噛み、風船にする。そんなことを繰り返しながら歩いた。アサーの真似をして、カナもガムで風船を作ろうとしたが、息を吹き込むことができず、うまくいかなかった。アサーとカナは石灰岩の砂利道を通ってハンジャ川に出た。ススキの繁ったハンジャ川沿いの細い道を下流に向かって歩いた。細い道にはふたりの背よりも丈の高いススキが生茂り、頭上に見える空以外、前後左右はススキが見えるだけだった。

しばらく歩くと、ススキがきれて突然、視界がひらけた。川沿いに広がる荒れた畑地に出た。戦争のあいだに荒れはてていた畑ではあったが、畑の中にところどころ耕作されている場所があり、イモや野菜類が植えられていた。畑の畦道を突っ切ると森があった。小高い森にはリュウキュウマツやガジマルなどの大木がジャングルのように生茂っていた。森の周囲にも荒れた畑地が広がっていた。畑の所有者がいると思われる場所にはイモ、野菜などの作物が植えられていた。荒れたままの畑の主はまだ帰っていないか、それとも戦死してしまったのだろう。

「ハブがいるから、森の中には入らない。まわりにある木の実をとろう。イチュビのとげには気をつけろよ」

アサーはカナに食べられる木の実や草の実を教えながら、竹籠に摘んでいった。桑の実、イチュビ、クービ、アンマーチーチーなど、ふたりは熟れた実を食べながら、竹籠一杯の草木の実を摘んだ。

森のまわりを一周している農道から出て、再び荒れた畑を横切って帰ろうとしたとき、ふたつの人影が寄り添うようにして川沿いのススキに覆われた細い道に入っていくのが見えた。

「カナ、ストップ」アサーがアメリカ兵の言葉をまねた声でいって、停止を命じた。

「オーケイ、ゆっくり前進だ」

アサーとカナは畑地からススキの原の道に進み、ススキの葉をかき分ける音を立てないように身を屈めてゆっくり前進した。先に入っていったふたりを追った。先にススキの道に入ったふたりづれの姿はどこにも見あたらなかった。さらに前進すると、道の右側のススキのあいだから、怪しげな音と、カナには馴染みのあるうめき声が聞こえてきた。

「しー」アサーが口に人差し指をあてた。

アサーは腹這いになって、先に歩いたふたりによってススキが踏みしだかれた跡を進んでいった。カナも不器用に腹這いになって、アサーのあとに続いた。うめき声が大きくなり、半裸で抱きあっている男女の絡みあった足がススキのあいだに見えた。カナはジョージとナオの行為を物置小屋の壁板の破れ目からいつも見ているので、珍しい光景とは思わなかったが、初めて間近に男女の交合を見たアサーは興奮して、大きく身動きした。そのためススキが大きく揺れた。

「誰だ」女の上に乗っていた男が怒鳴った。

「カナ、逃げろ」アサーとカナは立ちあがって、走って逃げた。

「すごかったな、カナ」しばらく走ってススキの原から砂利道に出て、一息ついたアサーが言った。いつも見なれているカナはそうは思わなかったが、黙って頷いた。


カナは昼の食事はアサーの家でふかしたイモと茹でたタナガーを食べさせてもらった。マカトの昼ご飯の世話をしなければならないと思いつつも、ハンジャ川にいったり、アサーの家で遊んだりした。カナはアサーといるのが楽しくて、ついつい夕方までアサーの家ですごしてしまった。夕方になってカナは茹でたタナガーと草木の実を持って帰った。収容所のほかの子どもたちはすでにミルクとビスケットの夕食をすませていた。カナはうしろめたい気持ちをもちつつ、マカトにタナガーと草木の実を差し出した。マカトはタナガーを一匹だけ食べた。

「イチュビと桑の実をひさしぶりに食べたよ。おいしいさあ」

「アサーにーにーととりにいった」マカトが喜んでくれたのでカナはうれしかった。

カナが収容所の家にきて一ヶ月ほど経ったころ、この家に収容されていたほかのすべての子どもたちは家族や親戚に引き取られていった。収容所の家にはマカトとナオとカナの三人だけが残されてしまった。ナオは頻繁にジョージと出かけ、ときどき、家に帰らず外泊するようにもなっていた。食糧配給係のウォーナー中尉は上官からの命令があり次第、収容所のこの家をクローズするだろう、とナオに宣言していた。マカトはほとんど立ちあがることさえできない状態になっていた。マカトの家族はマカトを残して全員死んでしまっていて、親戚も現れなかった。マカトの親戚がまだ生き残っているのか、それともすべて死んでしまっているのかさえもわからなかった。マカトの親類縁者に関して情報がまったくなかった。

カナの家族もカナ以外は全員死んでしまっていて、親戚を探す手がかりはカナの記憶だけがたよりだが、まだ幼いカナは親戚の手がかりになるようなことを何ひとつ憶えていなかった。ナオも家族は死んでいた。遠い親戚がないでもないが、それほど親しい親戚でもないし、どこの家族もいまは自分たちだけが生き伸びることで精一杯だということがわかっているので、ナオはいまさら、親戚の世話になろうとは思わなかった。ナオは、たとえ、この収容所の家が閉鎖になっても、マカトとカナの面倒はどんなことがあっても、いままで通り自分がみようと思っていた。ナオはいまのところ、ジョージというしろだてがいるし、たとえ、ジョージに捨てられることがあっても、生活に困らないほど働き口がいっぱいあることが、ジョージと街に遊びにいって、ナオにはわかっていた。

カマラ収容所には各地から大勢の避難民が集まっていた。米軍配給の食糧だけではそれだけの人数の食はまかないきれず、周囲の村から農民がイモや野菜などの食料を持ち込んできた。それで、自然発生的に収容所の近くに市場が立つようになっていた。最初、避難民と農民たちは物々交換をしていた。農民の食糧にたいして避難民は戦さ場を逃げ回るあいだ家から持ち出した旧紙幣を使おうとしたが、旧紙幣はすでに通用せず、女たちは髪にさしたジーファーなどを食べ物と交換した。着の身着のままの避難民が多かったので交換するものを持たない者が大多数だった。それで男たちの中には米軍の配給食糧をひそかに横流しするものも現れた。やがて旧紙幣にかわって軍票のB円が流通するようになった。アメリカ兵が米軍基地から持ち出したドルもすでに流通していた。また、カマラからそう遠くないグヤには近くにあるカデナ空軍基地や海兵隊グヤマリンキャンプのアメリカ兵が遊びに出てくるようになったおかげで、バーやビンゴゲーム場などの娯楽施設が建ちはじめていた。

ナオはジョージのジープでクヂャを出て、遠くまでドライブすることもあったが、近場のグヤに遊びにいくことがしばしばだった。グヤ交差点から米軍カデナ基地の第二ゲート入口に続く砂利道の両側にはバラック建てのバーやビンゴゲーム場が軒をつらねていた。アメリカ兵でいっぱいのビンゴゲーム場ではドルのコインや紙幣が飛び交っていた。ジョージもしばしばドル紙幣を賭けていた。米軍カデナ基地の第二ゲート通りとは別の場所にもバーやキャバレーなどが建ちはじめていた。墓地の中に点在する大小の石灰岩を米軍がブルドーザーで整地して新たに砂利道を作った。この新しい道は米軍によってビーシーストリートと名づけられ、グヤからクヂャ十字路までの軍用幹線道路につながっていた。

ビーシーストリートの両側にはたちまちバラック作りのバーやキャバレーなどが建ち並んだ。戦争がおわり、米軍のうちな一占領政策が軌道に乗り始めたので、休日には娯楽を求める多くのアメリカ兵たちが基地から遊びに出てくるようになり、米軍カデナ基地の第二ゲートの通りやビーシーストリートにある店は週末にはアメリカ兵たちでいっぱいになった。娯楽と歓楽を求める多くのアメリカ兵の相手をするために若い女たちが各地からグヤに集まってきていた。

グヤからクヂャ十字路までの軍用道路が完成し、軍用道路の途中にあるカマラ収容所近くのカマラの坂周辺に、にわかにできた市場は避難民や近くの農民だけでなく、アメリカ兵たちを相手にするバー、キャバレー、クラブの女給になるため島の各地から集まってきた女たちで賑わいをみせるようになっていた。その市場はカマラ市場と呼ばれていたが、語呂的にカマハラ市場のほうがいいやすいので、いつのまにかカマハラ市場の名称が定着した。

グヤとカマハラ市場の賑わいをいつも見ているナオは、収容所が閉鎖されても、自分がグヤのバーやカマハラ市場の店で働いてカナとマカトの面倒は充分みることができると思っていた。まだ若すぎるほどの年齢のナオにもバー、キャバレー、クラブなどの水商売以外でも働く場所はいっぱいあった。いざとなれば年齢をごまかして水商売することもできるはずだとも考えていた。

収容所の家がいつ閉鎖になってもおかしくない不安な日々が続いていたが、カナは毎日、アサーの家に出かけていた。カナのいる収容所の家が閉鎖される噂はアサーの耳にも届いていた。

「おかー、カナには家族も親戚もいないようだから。うちで引き取ろうよ」アサーは真剣な顔で母に頼んだ。

「ばか言うんじゃないよ。うちも、おとーは戦争で南洋に送られたきり、生きているのか、死んでいるのかさえわからないんだよ。お前のにーにーとねーねーも学徒動員されたままどこにいるかわからないし、それでもまだ子どもが三人も家にいるのよ。そんなことができるかい。ごめんね、カナちゃん」カナは頷いた。アサーの家にはアサーの上に十歳の姉と十三歳の兄がいた。ふたりは毎日朝から畑に出て働いていた。アサーにはさらにふたりの年長の兄と姉もいたが、学徒隊にかりだされて、消息は不明だった。

「大丈夫、そのうち親戚が現れるよ。うちなーじゃ、みんなが親戚みたいなものだから」

「だったら、うちだって、カナの親戚じゃないか」

「屁理屈を言うんじゃない。どこかに遊びにいっておいで」

「ちぇ、わかったよ。いこう、カナ」アサーとカナは家の前の砂利道に出た。

「カナ、きょうは小学校にいってみよう。もうすぐ学校がはじまるはずだから、勉強する教室もできているかもしれない」

　ふたりはくだり坂になった砂利道を歩いていった。ハンジャ川近くの広場では近くの農民がイモや野菜をムシロに並べて売っていた。グヤとクヂャ十字路間の軍用道路のカマラの坂沿いにあるカマハラ市場とは比較にならないほど規模の小さい市場だったが、それでも大勢の人で賑わっていた。ふたりは市場の横を通りすぎ、ハンジャ川に架かる木造のハンジャ橋を渡った。橋を渡ると砂利道はのぼり坂になり、道の右側は広い湿地帯だった。道はニシヌムイの南側の切通しに続いていた。ニシヌムイの切り立った崖には真っ白なイジュの花が咲き誇っていた。切通しを抜けて、右側のウガンムイのそばに小学校があった。雑木林を切り開いた広い敷地はまだ整地されていなくて、地面はでこぼこで、あちこちに木の切り株が露出していた。敷地の端に唯一整地されている場所があって、そこに茅葺きの長屋が建築中だった。

「あれが教室だ。はやく学校が始まらないかな。毎日、家の手伝いばかりしているのもあきた。おれはまだ勉強したことないけど、にーにーやねーねーが勉強しているのを見ていたら、むつかしそうだった。でも、おもしろそうだった。大きいにーにーもねーねーも学徒出陣でいったきり帰ってこないんだ」

ふたりは人影のない小学校の敷地を歩き回り、教室になる茅葺きの長屋を覗いた。中には誰もいなかった。長屋の床は土のままで、仕切りもなかった。まだ工事は終わっていないようすだった。きょうは工事は休みのようだった。ふたりは学校の敷地を出て、グイクの村落内の細い砂利道を歩いた。グイクにはフクギの大木に囲まれている家屋敷が多かった。フクギに囲まれた古い屋敷内の家そのものも大きく、庭は広かった。戦争に召集された家人がまだ復員していないのか、あるいは戦死してしまったのか、住む人のいない無人の家も多く、昼間にもかかわらず石灰岩の白い砂利道に人のけはいはなかった。ふたりはニシヌムイの北側の切通しを抜けて、ハンジャ橋から五百メートルほど下流に架かるセイシジャ橋の下でタナガーをとって家に帰った。

ある日、ウォーナー中尉が食糧を持ってくることもなく、ジープにも乗らずにひとりで歩いて収容所の家にやってきた。ナオはモンペ姿で井戸端で洗い物をしていた。きょうはジョージがくる予定の日ではなかった。ウォーナー中尉はナオに近づき、英語でクローズド、といった。ジョージとつきあっているナオは片言の英語は理解できるようになっていた。ブロークンイングリッシュであるていどの会話ができるようにもなっていた。ナオが理解したところでは一週間以内に収容所の家は閉鎖されるようだ。しかたがない、とナオは思った。濡れ縁にはカナが坐っていた。ナオは収容所の家の閉鎖についてはカナにもマカトにも何もいっていなかったが、カナもマカトも収容所の家が近く閉鎖されるであろうことを察していた。カナもマカトもほかの子どもたちがいなくなり、やがて、自分たちは収容所の家を出ることになるだろう、と思っていた。それぞれ、覚悟はしていたが、家を追い出されて、どこへいけばいいのか、カナはまだ幼くて具体的なことを考えることなどできなかった。寝たきりになっているマカトにも考えることはできなかった。具体的に考えることができ、実行できるのはナオだけだったが、そのナオも収容所の家を追い出されてどこにいけばいいのか、具体的なことはまだ何も考えていなかった。最悪なことは三人がばらばらに別の場所に収容されることだった。しかし、カマラ収容所そのものが縮小される傾向にあり、近いうちに閉鎖されることになるだろうと噂されていた。また、戦争孤児のための孤児院がカマラの民家を利用して開設されている話もナオの耳にはいっていた。五歳のカナだけでなく十五歳になるナオにもまだ孤児院にはいる資格は充分にあった。しかし、ナオは孤児院にはいる意志はなく、カナだけを孤児院にいれるつもりもなかった。ひとりぼっちのマカトを見捨てるつもりもなかった。この家を追い出されたら、ナオはマカトとカナの面倒は自分がみることに決めていた。どこへいく、という具体的な場所はまだ決めていなかったし、いまのところいくあてはまったくなかった。ナオは収容所の家が閉鎖される前の日まで、カナにもマカトにも閉鎖のことは黙っていることにした。そのあいだに三人の落ち着き先をジョージにも相談して探してみようと思っていた。

「ミスター・ウォーナー、サンキュー。これまでお世話になりました」ナオは言って、頭をさげた。そして、ウォーナー中尉の腕を引いて、庭の物置小屋に誘った。ウォーナー中尉は怪訝な顔はしたが、拒みはしなかった。

ウォーナー中尉はナオがジョージとグヤあたりに出かけていることは知っていた。ナオが収容所にきた最初のころの少女とは変わってきていることも察していた。ナオとウォーナー中尉が物置小屋の中に消えると、カナは濡れ縁から降りて、物置小屋の壁板の破れ目から、下半身裸になったウォーナー中尉がナオに覆いかぶさっているのを見た。

まだ薄暗い早朝の畑の畦道には霧が流れていた。霧には嗅ぎなれた微かな硝煙のにおいがまじっていた。狭い畑の畦道には黒い人影がひとり、ふたり、三人と間をおいて切れ目なくゆっくり歩いていた。いかにも疲れ果てた歩みだった。黒い人影はまるで幽霊のようだった。話し声ひとつなく、ただ黙々とあてもなく歩いているのだった。カナは母親の右手を握っていた。母親の手には力がなく、カナが母親の手を強く握っていないと離れそうになった。母親はまだ一歳にもみたない赤ん坊を背負っていた。左手には三歳になるカナの弟の手を引いていた。母親は歩みをとめてしまうと、そのまま道端に坐り込んでしまいそうなほど疲れ果てていたが、戦さに追われていて歩き続けなければならないという強迫観念で歩き続けていた。

「おかー、しっこ」カナは母親を見上げて言った。

「しょうがないね」母親は立ちどまって周囲の畑を見まわした。畑に作物はまったくなく土がむきだしだった。ところどころに大きな穴が開いている。艦砲射撃で開いた穴だった。ところどころには畑と畑を区切るための低木のアカバナーのブッシュがあった。

「あそこの木の陰でしておいで。ここで待っているから」カナが握っていた右手を離し、母親が近くのブッシュを指差した。カナは十メートルほど走っていってブッシュの陰にしゃがんで着物の裾をまくった。その時しゅるしゅる、という聞きなれた艦砲弾が飛んでくる音が聞こえた。カナはいつも教えられている通り反射的に地面に身を伏せた。近くに着弾した爆弾の衝撃でブッシュごと十メートルほど吹き飛ばされて地面に落ち、気を失った。

カナが尿意を催して目覚めたとき、いつも寝ている座敷ではあったが、いつもとちがう微かな異臭といつもと異なる静寂を感じた。カナは隣に寝ているマカトに触ろうとして、ためらった。マカトの顔はいつもより白く、無表情のまま、不自然に強ばっているようにみえた。こわごわ顔に触れてみると、固く、凍りつくように冷たかった。カナはとび起きて、庭に走り出た。

「どうしたの?」ナオが訊いた。

「マカトおばーが」カナは家の中を指差した。ナオは家の中にとび込んだ。ナオはマカトの顔を両手ではさみ込むように触った。

「たいへん、死んでる。どうしよう」ナオはマカトの身体を揺さぶった。死後硬直がはじまっていた。マカトが死んでいるのがわかって、ナオは坐り込んでいたが、泣いてはいなかった。

「マカトおばーが死んじゃった。どうしよう」ナオはそばに立っているカナに言うでもなく、独り言のようにいった。

「とにかく、収容所の本部に知らせたほうがいいわ。カナ、マカトおばーのそばについていてね」カナは頷いた。ナオは走り出ていった。カナはマカトのそばに坐り込んでマカトの顔を見ていた。カナは尿意のあることをすっかり忘れていた。

カナの家族は艦砲射撃で一瞬のうちに吹き飛ばされて、奇跡的に助かったカナ以外は全員即死状態だった。父親は郷土防衛隊に召集されて行方不明で、生死も不明だった。意識を失ったカナは家族の死体を見ていない。それで、家族の死にたいしてはカナの心には死の実感が伴っていなかった。戦争では死は日常茶飯とはいえ、カナが実感として身近に感じた死はいままでなかった。マカトの死が初めて間近にみる死だった。しかし、マカトの死にも、カナはまだ現実感がなく、悲しみは湧いてこなかった。カナは虚脱状態で坐っていた。

やがて、家の前に二台のジープが到着した。ナオがアメリカ兵数人を庭から案内してきた。ウォーナー中尉もいっしょだった。アメリカ兵は濡れ縁から軍靴のまま家にあがると、ひとりがマカトの手首を無雑作ににぎり、脈をとった。そして、死亡を確認すると、持ってきた白いシーツでマカトを包んだ。有無をいわさぬ、すばやい処置だった。ぼう然と立っているナオとカナにはウォーナー中尉が英語で話しかけた。マカトをこれからすぐ埋葬するというのだ。言葉のすべてはわからなくても、ナオにはウォーナー中尉の言動でわかった。

シーツに包まれたマカトをふたりのアメリカ兵が両側から担ぎ、庭の前にとめた一台目のジープの後部荷台に乗せた。ナオとカナはマカトと同じジープの後部座席に乗り込んだ。ウォーナー中尉は同じジープの助手席に乗った。もう一台のジープには運転手を含めて三人のアメリカ兵が乗っていた。砕いた石灰岩を敷きつめた白く輝くカマラ部落の道を二台のジープは埃を舞いあげながら、かなりのスピードで走った。点在する収容所の家やテントのあいだを疾駆した。空地や原野に建てられていた収容所のテントの数は明らかに減っていて、カマラ収容所の閉鎖が間近いことをあらわしていた。砂利道を歩いている多くの人たちを蹴散らす勢いでジープは走った。

しばらく走ると、家も畑もつきて、歩く人もなく、砂利道さえも途切れた荒野の前にジープは到着した。荒野には一面にススキなどの雑草が繁茂していた。鍬とスコップを持った四人の兵隊がシーツで包んだマカトの死体を無雑作に抱え、荒野の中に入っていく。ナオ、カナ、ウォーナー中尉があとをついていく。荒野のところどころに草の丈が周囲より一段と高く育った場所がある。そこは収容所で死んで、引き取り手のない人たちが仮に埋葬されている場所だった。そんな場所を避けて、四人のアメリカ兵はスコップと鍬で地面を一メートルほど掘り、シーツで包んだマカトを穴の底に横たえて、土をかけた。途中で気がついたようすで、ナオ、カナ、ウォーナー中尉にも土をかけるようにうながした。ナオとカナはふたりいっしょにひとつのスコップを持ってマカトおばーの上に土を数回かけた。最後にアメリカ兵が少し盛りあがった土の表面をスコップでならして、靴で踏み固めて埋葬はおわった。ほんの短い時間で埋葬はおわった。ナオとカナはマカトの顔を最後にひとめ見る暇も与えられなかった。埋葬をおわったアメリカ兵四人は立ったまま、マカトを埋葬した場所に向かって胸で十字をきり、スコップと鍬を持ってジープをとめてある場所に去っていった。

ナオ、カナ、ウォーナー中尉が残った。ナオとカナは正座し、ウォーナー中尉は立ったまま、墓石もない剥き出しの土に向かって手をあわせた。ウォーナー中尉がいっしょに帰ろうと誘うのをナオは断った。ウォーナー中尉はジープにもどり、二台のジープは走り去った。ナオとカナはしばらくマカトが埋葬された場所にぼう然と立ちつくしていた。あまりにもあわただしい埋葬に引きずられて、マカトの死のことを考える暇もなく、悲しみを感じる余裕もなかったが、やっと、落ち着いて、ほっとした途端、ふたりは静かに涙を流してすすり泣いた。

「さあ、カナ、帰ろう。マカトおばーも天の家族のもとに帰っていったのよ。嬉しいはずさぁ」ふたりはかなりの距離を歩いて収容所の家に帰った。

収容所の家が閉鎖されるまでの一週間、ナオは毎日のようにジョージと出かけ、カナといっしょに住む場所と仕事を探していた。カナは毎日、一日中、アサーといっしょにすごしていた。食事もアサーの家でした。夜になると、ナオもカナも収容所の家に帰ってきて、収容所の家での最後の日々をいっしょにすごした。家が閉鎖されても、いままでのように自分がいっしょに住むから心配するな、とナオはカナに告げていた。カナも承諾し、ナオといっしょに暮らし、アサーの近くにいられることがうれしかった。

収容所の家が閉鎖される朝、荷物といっても、少しだけのそれぞれの着物を風呂敷に包んで、ナオとカナは庭に出て、ウォーナー中尉とジョージのジープを待っていた。ナオはカマラの坂近くのカマハラ市場にある食堂で働くことが決まっていた。ナオはジョージのジープに乗って毎日のように出かけていたが、ただ遊ぶだけではなく、急速に復興していくクヂャの街を見ていた。特にカマラ収容所の近くには収容された数多くの人の胃袋を満たすため、近隣の村からイモや野菜、時には豚肉や鶏の肉や卵が持ち込まれ、自然発生的にカマハラ市場が形成されていた。そこの食堂のひとつにナオは住み込みで働くことになっていて、バラック食堂の部屋のひとつにカナと住むことになっていた。

アサーも朝から庭にやってきていた。アサーはカナがナオといっしょに近くのカマハラ市場に住むことを聞いて安心していた。ジープが二台、庭の前に停まった。前のジープにウォーナー中尉と小柄で小太りのうちなーの女が乗っていた。後のジープにはジョージがひとりで乗っていた。

「あんた、カナちゃんね。生きていたんだね。みんな死んでしまった、と聞いていたものだから、もう諦めていたのよ。それで探すのが遅れてしまってごめんね」女はカナの父親の従妹と名乗ったが、カナには見覚えがなかった。

「よかったね、カナ。最後の最後になって親戚が現れた。きっと、マカトおばーが天から助けてくれたのよ」ナオがいった。

「カナ、よかったな」アサーの眼も潤んでいた。カナは頷いたが、ふたりと別れるのは悲しかった。親戚とはいえ見知らぬ女といっしょにいくのがそれほどうれしいとは感じなかった。親戚の女の家は隣村のグシチャ村で、それほど遠くはなかったが、子どもの足では、頻繁に会えるほど近くではなかった。ナオといっしょに住むなら、アサーのすぐ近くにいられるはずだった。

「カナが大きくなったら、きっとまた会えるから、それまで、元気でがんばるのよ。カナのことは決して忘れないから。あたしはいつまでもこのクヂャの街にいるからね」ナオがカナの寂しそうな顔を見ていった。カナは頷いた。しかし、涙がうかんだ。

「カナ、元気でな。いつでも家に遊びにこいよな」カナは頷いた。眼から涙がこぼれた。

一台目のジープにウォーナー中尉とカナと小太りの女が乗り込み、ジョージのジープにナオが乗り込んで、収容所の家の前を出発した。

「カナ」アサーがジープを追いかけながら、大声で叫んでいた。

「アサーにーにー、バイバイ」カナはうしろを振り向いて、手を振ったが、すでにアサーの姿は土埃に隠れて見えなくなっていた。

新沖縄文学賞歴代受賞作一覧

第1回（1975年）　応募作23編
受賞作なし
佳作：又吉栄喜「海は蒼く」／横山史朗「伝説」

第2回（1976年）　応募作19編
新崎恭太郎「蘇鉄の村」
佳作：亀谷千鶴「ガリナ川のほとり」／田中康慶「エリーヌ」

第3回（1977年）　応募作14編
受賞作なし
佳作：庭鴨野「村雨」／亀谷千鶴「マグノリヤの城」

第4回（1978年）　応募作21編
受賞作なし
佳作：下地博盛「さざめく病葉たちの夏」／仲若直子「壊れた時計」

第5回（1979年）　応募作19編
受賞作なし
佳作：田場美津子「砂糖黍」／崎山多美「街の日に」

第6回（1980年）　応募作13編
受賞作なし
佳作：池田誠利「鴨の行方」／南安閑「色は匂えと」

第7回（1981年）　応募作20編
受賞作なし
佳作：吉沢庸希「異国」／當山之順「租界地帯」

第8回（1982年）　応募作24編
仲村渠ハツ「母たち女たち」
佳作：江場秀志「奇妙な果実」／小橋啓「蛍」

第9回（1983年）　応募作24編
受賞作なし
佳作：山里禎子「フルートを吹く少年」
第10回（1984年）　応募作15編
吉田スエ子「嘉間良心中」
山之端信子「虚空夜叉」
第11回（1985年）　応募作38編
喜舎場直子「女綾織唄」
佳作：目取真俊「雛」
第12回（1986年）　応募作24編
白石弥生「若夏の訪問者」
目取真俊「平和通りと名付けられた街を歩いて」
第13回（1987年）　応募作29編
照井裕「フルサトのダイエー」
佳作：平田健太郎「蜉蝣の日」

第14回（1988年）　応募作29編
玉城まさし「砂漠にて」
佳作：水無月慧子「出航前夜祭」
第15回（1989年）　応募作23編
徳田友子「新城マツの天使」
佳作：山城達雄「遠来の客」
第16回（1990年）　応募作19編
後田多八生「あなたが捨てた島」
第17回（1991年）　応募作14編
受賞作なし
佳作：うらしま黎「闇の彼方へ」／我如古驟二「耳切り坊主の唄」
第18回（1992年）　応募作19編
玉木一兵「母の死化粧」
第19回（1993年）　応募作16編
清原つる代「蝉ハイツ」

佳作：金城尚子「コーラルアイランドの夏」
第20回（1994年）　応募作25編
知念節子「最後の夏」
佳作：前田よし子「風の色」
第21回（1995年）　応募作12編
受賞作なし
佳作：崎山麻夫「桜」／加勢俊夫「ジグソー・パズル」
第22回（1996年）　応募作16編
崎山麻夫「闇の向こうへ」
加勢俊夫「ロイ洋服店」
第23回（1997年）　応募作11編
受賞作なし
佳作：国吉高史「憧れ」／大城新栄「洗骨」
第24回（1998年）　応募作11編
山城達雄「窪森」
第25回（1999年）　応募作16編
竹本真雄「燠火」
佳作：鈴木次郎「島の眺め」
第26回（2000年）　応募作16編
受賞作なし
佳作：美里敏則「ツル婆さんの場合」／花輪真衣「墓」
第27回（2001年）　応募作27編
真久田正「鱝鯉」
佳作：伊礼和子「訣別」
第28回（2002年）　応募作21編
金城真悠「千年蒼茫」
佳作：河合民子「清明」
第29回（2003年）　応募作18編
玉代勢章「母、狂う」
佳作：比嘉野枝「迷路」

第30回（2004年）　応募作33編
赫星十四三「アイスバー・ガール」
佳作：樹乃タルオ「淵（クムイ）」
第31回（2005年）　応募作23編
月之浜太郎「梅干駅から枇杷駅まで」
佳作：もりおみずき「郵便馬車の馭者だった」
第32回（2006年）　応募作20編
上原利彦「黄金色の痣」
第33回（2007年）　応募作27編
国梓としひで「爆音、轟く」
松原栄「無言電話」
第34回（2008年）　応募作28編
美里敏則「ペダルを踏み込んで」
森田たもつ「蓬莱の彼方」
第35回（2009年）　応募作19編
大嶺邦雄「ハル道のスージグァにはいって」

富山洋子「フラミンゴのピンクの羽」
第36回（2010年）　応募作24編
崎浜慎「始まり」
佳作：ヨシハラ小町「カナ」
第37回（2011年）　応募作28編
伊波雅子「オムツ党、走る」
佳作：當山清政「メランコリア」
第38回（2012年）　応募作20編
伊礼英貴「期間工ブルース」
佳作：平岡禎之「家族になる時間」
第39回（2013年）　応募作33編
佐藤モニカ「ミツコさん」
佳作：橋本真樹「サンタは雪降る島に住まう」
第40回（2014年）　応募作13編
松田良孝「インターフォン」
佳作：儀保佑輔「断絶の音楽」

第41回（2015年）応募作21編
長嶺幸子「父の手作りの小箱」
第42回（2016年）応募作24編
黒ひょう「バッドデイ」
梓弓「カラハーイ」
第43回（2017年）応募作33編
儀保佑輔「Summer vacation」
佳作・仲間小桜「アダンの茂みを抜けて」
第44回（2018年）応募作24編
中川陽介「唐船ドーイ」
高浪千裕「涼風布工房」
第45回（2019年）応募作22編
しましまかと「テラロッサ」
第46回（2020年）応募作22編
なかみや梁「ばばこの蜜蜂」
第47回（2021年）応募作24編
ゆしわら・くまち「ラビリンスーグシク界隈」
円井定規「春に乗り遅れて、半額シールを貼られる」

ゆしわら・くまち

本名　岸本勝次（きしもと・かつじ）　1948 年
旧屋部村（現名護市屋部）生まれ、沖縄市在住。
無職。熊本大学薬学部修士課程修了。鍼灸師。
2010 年、「カナ」で第 36 回新沖縄文学賞佳作
（筆名・ヨシハラ小町）。

ラビリンス ―グシク界隈

タイムス文芸叢書 013

2022 年 2 月 8 日　　第 1 刷発行

著　者　　ゆしわら・くまち
発行者　　武富和彦
発行所　　沖縄タイムス社
〒 900-8678　沖縄県那覇市久茂地２－２－２
出版コンテンツ部　098-860-3591
www.okinawatimes.co.jp

印刷所　　文進印刷

ISBN978-4-87127-287-2　　Printed in Japan